TEK YAL

Jean-Louis Fournier 1938 yılı

levizyon programları da hazırl kitabıyla Prix Femina'yı (2008) kazandı.

Başlıca kitapları: *La Grammaire française et impertinente* (1992); *Le curriculum vitae de Dieu* (1995); *Il a jamais tué personne mon papa* (1999), *Asla Kimseyi Öldürmedi Benim Babam*, YKY, 2009); *J'irai pas en enfer* (2001); *Mouchons nos morveux* (2002); *Mon dernier cheveu noir* (2006, *Son Siyah Saçım*, YKY, 2012); *À ma dernière cigarette* (2007); *Où on va papa?* (2008, *Nereye Gidiyoruz Baba?*, YKY, 2009); *Veuf* (2011, *Dul*, YKY, 2013); *Ça m'agace!* (2012); *Ma mère du Nord* (2015, *Kuzeyli Annem*, YKY, 2017); *Mon autopsie* (2017, *Otopsim*, YKY, 2019); *Dictionnaire amoureux du Nord* (2018); *Je ne suis pas seul à être seul* (2019, *Tek Yalnız Ben Değilim*, YKY, 2021); *Je n'ai plus le temps d'attendre* (2021, *Bekleyecek Vaktim Kalmadı Artık*, YKY, 2022); *Veuf cherche femme immortelle* (2022, *Dul Ölümsüz Eş Arıyor*, YKY, 2023).

Ayşe Ece Öğretim üyesi ve çevirmen. İstanbul Üniversitesi Çeviribilim Bölümü'nde görev yapmaktadır. Fransızca ve İngilizceden çok sayıda kitabı dilimize kazandırmıştır. *Edebiyat Çevirisinin ve Çevirmeninin İzinde* (2010) ve *Çevirmenin Yazar ve Kahraman Olarak Portresi* (2016) adlı kitapların yazarıdır.

Jean-Louis Fournier'nin
YKY'deki kitapları:

Asla Kimseyi Öldürmedi Benim Babam (2009)
Nereye Gidiyoruz Baba? (2009)
Son Siyah Saçım (2012)
Dul (2013)
Kuzeyli Annem (2017)
Otopsim (2019)
Tek Yalnız Ben Değilim (2021)
Bekleyecek Vaktim Kalmadı Artık (2022)
Dul Ölümsüz Eş Arıyor (2023)

JEAN-LOUIS FOURNIER

Tek Yalnız Ben Değilim

Anlatı

Çeviren
Ayşe Ece

YAPI KREDİ YAYINLARI

Yapı Kredi Yayınları - 5721
Edebiyat - 1636

Tek Yalnız Ben Değilim / Jean-Louis Fournier
Özgün adı: **Je ne suis pas seul à être seul**
Çeviren: **Ayşe Ece**

Kitap editörü: **Korkut Erdur**
Düzelti: **Ahsen Erdoğan**

Kapak tasarımı: **Nahide Dikel**
Sayfa tasarımı: **Mehmet Ulusel**
Grafik uygulama: **Akgül Yıldız**

Baskı: Asya Basım Yayın Sanayi Tic. Ltd. Şti
15 Temmuz Mah. Gülbahar Cad. No: 62/B
Güneşli - Bağcılar / İstanbul
Tel: 0212 693 00 08
Sertifika No: 52508

Çeviriye temel alınan baskı: JC Lattès, Paris, 2019
1. baskı: İstanbul, Ocak 2021
11. baskı: İstanbul, Kasım 2023
ISBN 978-975-08-4883-4

Yapı Kredi Kültür Sanat Yayıncılık Ticaret ve Sanayi A.Ş.
İstiklal Caddesi No: 161 Beyoğlu 34433 İstanbul
Telefon: (0 212) 252 47 00 Faks: (0 212) 293 07 23
https://www.ykykultur.com.tr
e-posta: **ykykultur@ykykultur.com.tr**
facebook.com/**yapikrediyayinlari**
twitter.com/**YKYHaber**
instagram.com/**yapikrediyayinlari**

Yapı Kredi Kültür Sanat Yayıncılık
PEN International Publishers Circle üyesidir.

Sayesinde yalnız kalmadığım Laurent Laffont için...

"Ben yalnızlığı istemiyorum ama yalnızlığa gereksinim duyuyorum."

R. Barthes*

* *Yas Günlüğü*, çev. M. Rifat - S. Rifat, s. 99.

Üzerinde kırmızı bir kazak olan, saçları kısacık kesilmiş, isminin "bilili"[1] olduğunu söyleyen oğlan, mağazanın girişinde annesini yanına çağırıyor...

Yetmiş yıl sonra seksenli yaşlarını sürmeye başlamış hayat dolu Jean-Louis, tüm panjurları kapalı olan komşusunun evinin kapısında öfke içinde tepinip söyleniyor.

Yanında biri olsun istiyor. Acı veren yalnızlığına daha fazla katlanamıyor.

1 "bilili": Küçükken adımı, Jean-Louis'yi söyleyemediğim zamanlarda kendime taktığım isim.

Yalnız olmaktan bıktım artık, bıktım her geçen gün daha yalnız, daha yaşlı, daha çirkin olmaktan.

Bunların başıma geleceğini bilseydim hiç yaşlanmazdım.

Yazın en sıcak günleri, boğuluyorum sıcaktan, hükümetin yaptığı sert uyarılara rağmen yakınlarım –artık yakınım değil de uzaktan tanıdıklarım oldular– arayıp yeterli miktarda su içip içmediğimi sormuyorlar.

Herkes beni terk etti, on yıl önce karım Sylvie, kısa bir süre önce de küçük kedim Salomé, bir başka deyişle hayatımı sürdürmeme yardımcı olan herkes beni terk etti.

Evim artık benim için fazla büyük ve karşı komşularımın panjurları da sürekli kapalı.

"En korkuncu, yalnız başıma ölecek olmam. Beni rahatlatmak, elimi tutmak, gözlerimi kapamak için yanımda olmayacaksın. Bir yandan da, bütün bunlardan kurtulduğuna seviniyorum. Sen en azından, hiçbir zaman dul olmayacaksın."*

Dul olma halinde de yalnızım.

Dul ve yalnız, bu iki sözcük birbirine ne kadar yakışıyor!

İkisinin ortak bir öğesi var: "eu" sesi**, Yunancada "iyi" anlamına geliyor.

Sözcüklerin de kendilerine özgü bir mizahı var.

Yaşlanınca yalnız kalmamanın yolu, kalabalık bir aileye sahip olmaktan geçiyor, o zaman ileride tekerlekli sandalyenizi çocuklarınız itiyor.

Benim şansım yaver gitmedi bu konuda, iki oğlumun tekerlekli sandalyesini ben itmek zorunda kaldım. Kendini dine adamış kızım da bir an önce nalları dikmem için dua ediyor.

---

* Bkz. *Dul*, Jean-Louis Fournier çev. Can Belge, YKY, 3. Baskı, Şubat 2020, s. 37. (ç. n.)

** Fransızca "veuf" (dul) ile "seul" (yalnız) sözcüklerinde bulunan "eu" harfleri. (ç. n.)

Yalnızlık üzerine bir kitap yazmaya karar verdim.

Hayatım kötü gittiğinde neden mutsuz olduğumu yazıyorum, böylece ruh halimle dalga geçmeyi başarıyorum.

"Bizi dinleyecek kimse olmadığı için yazı yazıyoruz. Edebiyat olmasaydı, yalnız kaldığında bir insanın neler düşündüğünü hiçbir zaman öğrenemeyecektik."[1]

Yalnızlık üzerine bir kitabı iki kişi birlikte yazamayız.

Başkalarından yardım alamayız. Yalnız olmak zorundayız.

Bu koşullar bana uyuyor, önümdeki beyaz kâğıda bakarken yalnızım.

Kitap kısa olacak, öyle olmasını umduğum yalnızlığım gibi.

---

1 Georges Perros.

Doğduğumda nefes almıyormuşum, doktor olan babam öldürmeden önce tavşanlara yapıldığı gibi ayaklarımdan tutup baş aşağı sallamış beni. Hayatın tadını alabilmem için sırtıma sert bir şaplak atmış.

Endişeli bir bebek olarak geleceği düşünüp kaygılanıyor ve tehlikenin yakınımda olduğunu hissedip nefesimi tutuyordum.

Kırk yıl sonra yazacağım çizgi dizide yükseklik korkusu olan bir kuşun maceralarını anlatacaktım, kahramanım uçmaktan korkuyordu, bu yüzden adını Antivol* koymuştum.

"Jean-Louis, doğduğu o lanetli güne kadar her şeyin iyi gittiğine inanan, varoluşsal endişelerle kuşatılmış bezgin bir kaçıktır."[1]

O lanetli günde yuvamdan kovulacaktım, artık tek başıma uçmak zorunda kalacak ve ilk kez yalnızlığı tadacaktım.

---

* *Antivol* (Fr.): Uçma karşıtı. (ç. n.)

1 Pierre Desproges.

Uzun bir süre yüzdüm. Kıyıdan uzaklaştım. Artık ayağım yere değmiyor, buraya kadar yüzmek yasak.

Girilmesi yasak yerleri hep sevdim.

Kıyıdakiler kollarını kaldırmış elleriyle beni geri çağırıyorlar.

Yüzmeye devam ediyorum. Yalnız olmak istiyorum, denizin sadece bana ait olduğunu düşünmeyi seviyorum.

Manş Denizi'ni yüzerek geçtiğimi hayal ediyorum, İngiltere'ye gitmek, bir paket Craven A* ve ekose desenli bir kravat almak istiyorum.

En sonunda yüzmekten bitkin düştüğümde geri dönüp sudan çıkıyorum, plajda beni bekleyen kimse yok artık, herkes gitmiş.

Yalnızım. Kuzey Denizi'nin kıyısında ağlamaya başlıyorum.

On yaşındayım.

* Craven A: İngiliz sigara markası. (ç. n.)

Otuz yıl sonra televizyon için Manş Denizi'nin altından geçen tünelle ilgili bir belgesel hazırlayacaktım.

Açıldığı günden itibaren Fransa ile İngiltere'yi birleştiren bu kocaman göbek kordonuyla ilgili her şeyi öğrenecektim.

Manş Denizi'ni kendimi perişan ederek yüzerek geçmeye çalışmak yerine, bu yolculuğu denizin suları başımın üzerinden geçerken rahat bir kadife koltukta oturarak, içecek olarak da elime *a cup of tea** alarak yapacaktım.

* *a cup of tea* (İng.): Bir fincan çay. (ç. n.)

Yetmiş yıl sonra Gris-Nez Burnu'ndayım, deniz önümde uzanıyor.

İngiltere hâlâ orada duruyor, elinizi uzatsanız değebileceğiniz kadar yakın. Artık kolum daha uzun olduğuna göre İngiltere'ye dokunabilirim. Denizin önünde yalnızım, beni beklediği izlenimine kapılıyorum, sularının yalnızca benim için buraya kadar geldiğini düşünüyorum.

Deniz, Monet'nin fırçasından çıkmış gibi duran muhteşem ışık yansımaları ve Debussy'nin notalarını andıran çırpıntı sesleriyle sürekli beni buyulemeye çalışıyor sanki...

Yetmiş yıl sonra aynaya bakıyorum.

Başıma gelen felaketin boyutlarını ölçebiliyorum, gittikçe daha da kötü görünüyorum. İnsan yaşlanınca, bronzlaşmış da olsa, yine çirkin kalıyor. Aynada kendime gülümsemek gelmiyor içimden.

Yalnız bir adam gülümsemeyi unutmuştur, neşe içinde meleklere gülme alışkanlığını yitirmiştir, hem artık çevresinde melek de kalmamıştır.

Bana iltifat eden kimse yok artık. "Saçların güzel olmuş" diyen kimse yok.

"Yeni gözlüklerin çok yakışmış" diyen kimse yok.

Kimse artık beni mutlu etmeye çalışmıyor, Kuzeyli annem dışında...

Aynamın önünde yalnızım. Kimse bana bakmıyor.

Aynadaki yansımam da yalnız.

Aynamın önünde kendimi beğenerek inceliyorum, ama yine de hayatımda bana hayranlık besleyen başka kimse yok artık.

İngiltere'deyim, bir bakanlık binasında, İngiliz resmi üzerine belgesel çekiyorum.

Çok büyük bir bina, görkemli bir tapınak gibi.

Kapısı renkli vitraylarla süslenmiş, köşelerinde çok sayıda yeşil bitki bulunan kocaman bir giriş salonu.

Hiç bitmeyecekmiş gibi görünen upuzun koridorlar...

Yüksek tavanlı büyük salonlar... Duvarlar, William Morris'in tasarladığı, benim de belgeselini hazırlayacağım duvar kâğıtlarıyla kaplanmış.

Gökyüzüne tırmanmak için devasa merdivenler...

İçerisi bomboş, in cin top oynuyor.

*I am alone** diyebileceğim kimse yok.

Theresa May hükümetinin 2018 yılının Ocak ayında açtığı Yalnızlık Bakanlığı'ndayım.

İngilizler yalnızlıktan söz ederken iki farklı sözcük kullanıyorlar: *Loneliness,* "kişinin kendi seçimi olmadığı halde yalnız olması" ile *Solitude,* "kişinin kendi seçiminin sonucu olarak yalnız olması".

Fransızcada iyi ya da kötü her iki duruma da işaret etmek için tek bir sözcük kullanılıyor, iki tane olmasına gerek de yok zaten, insanların yüzünden hangisi olduğu okunuyor. Fransızcada İngilizlere özgü o soğukkanlılık yok.

---

* *I am alone* (İng.): Yalnızım. (ç. n.)

Beni sevenlerin çoğu artık bu dünyada olmadığı için daha az sevildiğimi düşünüyorum. Editörüm Jean-Marc Roberts yalnızca sevdiği yazarlarla çalışırdı. Yazı yazarken öncelikle onu mutlu etmeye çalışırdım sanki. Doktor olan babamın hastalarından birinin bana şöyle dediğini hatırlıyorum: "Babanı mutlu etmek için iyileşmek istiyorum."

Sizi seven birinin ölümü, artık hayatınızda daha az sevgi olacağı anlamına gelir.

Ölenlere beni terk ettikleri için kızıyorum.

Geçenlerde yaşadığım hayal kırıklığı: En son yayımlanan Fransızların en sevdiği kişiler listesinde adım yok.

Umurumda da değil zaten, ben Hauts-de-France bölgesinin en gizemli adamıyım ve bunun böyle bilinmesini istiyorum.

Daha anlatacak çok şeyim var, insanları şaşırtmaya devam etmek istiyorum.

Özel hayatımı anlattığım kitaplar çok sayıda baskı yaptığından beri özel hayatım artık dış dünyaya açıldı, ama benim hâlâ kendime sakladığım gizli bir bahçem var.

Endişelerim bana arkadaş oldu.

Birkaç yıl önce bana bir psikanalistin adresini verdiler. Muayenehanesi dolup taşıyordu, insanlar uzun bir kuyruğa girip sırasını bekliyordu.

Orada karşılaştığım insanlara anlayış ve sevgiyle bakıyordum.

Psikanalist, açık alan korkusu olanları ve yalnız oldukları için acı çekenleri iyileştiriyordu.

Bekleme salonuna girip ne kadar kalabalık olduğunu, oturacak boş bir yer bile bulunmadığını görünce kendimi daha az yalnız hissettim.

Psikanalist alanında pek tanınmış biriydi, adı Pontalis'ti.

Arkadaşlarının biri sayesinde ondan randevu almayı başardım.

Ona televizyon için çizgi diziler yazdığımı anlattım, Noiraude* adındaki ineğimden ve Antivol'den söz ettim.

Bana ayıracak zamanı olmadığını söyledi, kurmaca kitaplarım için kahramanlar yaratmaya devam etmemi öğütledi, ona göre benim için en iyi terapi buymuş.

İneğim Noiraude'un üstünde yaşama sevinciyle dolu bir halde çıktım oradan, kuşum Antivol de omzuma konmuştu.

---

* Fournier'nin televizyon için yazdığı çizgi dizinin kahramanı olan inek. (ç. n.)

Eski bilgisayarım ruhunu teslim etmek üzere, söylemek istediklerimi yazmayı reddediyor. Hafızasını kaybediyor.

Ben de öyle.

Binlerce anı dolanıyor zihnimde, onları ayıklayıp bir sıraya dizemiyorum, bu yüzden de bir türlü gerçek olduklarından emin olamıyorum.

Gerçek anı ile uydurulmuş anı arasındaki sınır bulanıklaşıyor. Eskici pazarını andıran, belli bir düzeni olmayan o karmakarışık yaşlı zihnimde rüyada görülenler ile yaşanmış olanlar birbirine karışıyor.

Yaşıtlarımın hepsinin bir bir öldüğü o son yalnızlıktayım artık.

Gençliğinde orduya katılıp cephede çarpışmış bir askerim, uydurmuş da olabileceği bir savaşı şimdi kendisini dinlemeyen insanlara anlatmaya çalışan artık yaşlanmış bir asker...

Kısa bir zaman sonra aile albümümde yer alan eski fotoğraflardaki kişilerin kim olduğunu bilemeyeceğim, bu dünya üzerinde şöyle sorabileceğim kimse de kalmamış olacak: "Peki, sen hatırlıyor musun?"

Hatırlama işini yalnız yapmaya mahkûmum.

Telesekreterim boş, hiç mesaj yok, aramam gereken kimse de yok.

Beni arayıp rahatsız edip etmediğini soranların şunu kesinlikle bilmesini isterim: Beni asıl aramadığınız zaman rahatsız etmiş oluyorsunuz.

Dün telefonum üç kez çaldı.

12:32: Bana hazır mutfak satmak istediler.

15:11: Belediyeden arayıp havanın aşırı sıcak olduğu bugünlerde sağlığımın nasıl olduğunu sordular.

16:30: Yanlış numara.

Üç kez boş yere sevinme.

Posta kutumda iki mektup var, biri Vergi Dairesi'nden.

Orada beni hiç unutmayan biri var.

Kızımdan mektup yok hiç, üç yıldan beri...

Mercedes yeni modelinin tanıtım partisi için davetiye göndermiş.

Davetiyede "iki kişiliktir" yazıyor.

Tek kişi için de geçerli mi?

İmdat Yalnızım Hattı'nı birçok kez aradım. Hep meşgul.

Hattı arayan tek kişi ben değilim demek.

Birinin benimle konuşmasını o kadar çok istiyorum ki saati söyleyen telefon servisinin numarasını çevirmeye bile hazırım.

Dün akşam televizyonun karşısında yalnız otururken kirpimin dikenlerinin arasını temizledim.

Canım sıkıldığında zaman geçsin diye sayı sayarım.

Küçükken parmaklarımla sayardım; attığım adımları, inip çıktığım merdivenleri sayardım; sonra daha da hırslanıp kafamdan saymaya başladım. Bugüne kadarki rekorum: 35.473.

Bu rekoru hiç bitmeyeceğini düşündüğüm bir kış gününde öğleden sonra kırdım.

Bir el *solitaire** oynadım, bu oyunda hep kazanıyorum.

Tek başımayım, bundan şikâyet edecek değilim, kendimle baş başayım. Kendimle hiç baş başa kalamayabilirdim, işte o zaman sonsuzlukta kaybolmuş olurdum.

* Tek kişi oynanan bir kâğıt oyunu olan "solitaire"in Fransızca sözcük anlamı "tek başına yaşayan kişi"dir. (ç. n.)

Çağımızın vebası olan yalnızlık, insanlığın iyiliği için çalışanların ağzını sulandıran bir pazar oluşturuyor. Araştırmalara göre gelecekte Fransız halkının %12'si yalnızlıktan yakınıyor olacak. Kalan %88'i de kalabalıktan şikâyet edecek.

Gelecekte bizi çok sayıda sürpriz bekliyor. *Client Partner* ile *Book a friend** yalnızlığa çare buluyor.

Dün kendime bir arkadaş kiraladım (saat ücreti 8 ila 10 avro arasında değişiyor). 8 avro karşılığında sorularınıza yanıt veriyor, 10 avro öderseniz o da size sorular soruyor. Ben 10 avroluk arkadaşı seçtim.

Bana sorduğu ilk soru ödemeyi nasıl yaptığım oldu, nakit mi ödemiştim yoksa kredi kartıyla mı?

Kısa bir süre sonra bir bakacağız iyiliksever bankalar türemiş: Arkadaş Canlısı Banka, Cömert Finans Kurumu...**

---

* İnternet üzerinden danışmanlık ve arkadaş bulma hizmeti veren şirketler. (ç. n.)

** Fournier, "Arkadaş Canlısı Banka" (Crédit Amical) ve "Cömert Finans Kurumu" (Société Généreuse) sözcükleriyle Fransa'nın büyük bankaları "Crédit Agricole" ve "Société Générale"e gönderme yapıyor. (ç. n.)

Karşı komşumun panjurları kapalı.
Bir yere gittiler herhalde...
Bana haber vermeye gerek görmediler.

Küçükken iyi yapabildiğim bir şey yoktu, şarkı söylemek dışında. Saint-Joseph Kilisesi'nin korosunda solisttim. Tenordum, sesim en tiz notalara kadar çıkıyordu, korodakiler bana yetişemiyorlardı.

Arras Katedrali'nde besteci Raoul Jobin yönetiminde bir ayin düzenledim.

Kilisede büyük orgların önündeki en yüksek basamağın üzerinden eğildiğimde, ağacının tepesinde tek başına şarkı söyleyen kuşun neşesini tattım.

Tepeden baktığımda beni dinleyen insanların küçük kafalarını görüyordum. Sesim taştan yapılmış tonozlarda yankılanırken uçmak geliyordu içimden. Basamaklardan oluşan platformun yüksekliği on metreydi, aşağısı mermerdi, ama benim kanatlarım yoktu.

Günün birinde boğazımdaki ufak kuş sustu. Vücudumun daha aşağılarında bir yerde bulunan başka bir kuş, tulumumun cebinden doğrulup benden söz hakkı istedi. Artık tıraş olmaya ve uzun pantolon giymeye başlayacaktım.

On beş yaşındayım.

Günah çıkarma kabininde yalnızım, küçük bir pencere karanlıkta tüyler ürpertici bir gıcırtıyla yavaş yavaş açılıyor.

Ahşap parmaklıkların arkasında papazın yüzü beliriyor.

Bütün günahlarımı, önemsiz olanları ve ölümcül olanları, tek başıma yaşadığım zevkleri, edepsiz düşüncelerimi itiraf etmem gerekiyor.

Sözlükte sık sık Cranach'nın bir tablosuna bakıyorum: Havva çırılçıplak.

Papaz gözleri kapalı beni dinliyor ya da uyuyor, sonra nasihatte bulunuyor, geceleri aklıma kötü düşünceler geldiğinde ellerimi kaldırıp dua etmeliymişim.

Cezamı bekliyorum.

Üç kez *Pater Noster* duasını, on kez de *Ave Maria* duasını okuyacağım, ucuz kurtuldum sayılır. Pişmanlık duasını okuyor ve "kutsal merhametine sığınıp bir daha seni incitmeyeceğime söz veriyor, tövbe ediyorum" diyerek kesin bir karar alıyorum.

Papaz günahlarımı bağışlıyor, ben de huzura kavuşup kiliseden çıkıyorum, ölürsem cennete gideceğim.

Cennette kızların hepsi çıplak dolaşıyor olmalı.

Rüzgâr çok estiğinde, ellerimi bisikletimin gidonundan çeker, yeleğimin uçlarını tutarak kollarımı kaldırırdım, böylece yeleğim bir yelkene dönüşürdü.

Bu halimle büyük bir yarasaya benzerdim. Pancar tarlalarının, Artois tepelerinin üzerinden kuş gibi uçardım, gökyüzünde yalnızdım.

Pancarlara Racine'den, buğday başaklarına da Molière'den yüksek sesle replikler okurdum. Çok başarılı bir oyuncu olacağım, benim muhteşem bir hayatım olacak. Rüzgâr beni taşıyordu, uzağa gideceğim, çok uzağa. Rüzgârdan sersemlemiştim, kulağımda alkış sesleri, bis yapmaya çağıran seyircilerin patlayan avuçlarından yayılan sesler...

Saplarla dolu küçük kafamın üzerinde engin gökyüzü uzanıyordu. Rüzgârla sürüklenen bulutlar gökyüzünde o kadar hızlı ilerliyordu ki...

Rüzgâr dışarıda esmiyordu sadece, kafamın içinde de esiyordu.

On altı yaşındaydım.

Dün gece tuhaf bir rüya gördüm.

Ailemin hayattaki son bireyini gömdüm.

Mezar çukurunu kendim kazmak zorunda kaldım.

Çok güç bir işti bu, uzun sürdü, bütün gece sürdü, toprakta çok taş vardı.

Hep sınıf sonuncusu olan ben, insanların sürekli "dünyada bir tek kendinin olduğunu düşünüyorsun" diyerek eleştirdikleri bir egoist olan ben, işte şimdi gerçekten yeryüzündeki tek insan olmuştum, bir tek ben hayatta kalmıştım.

Artık bomboş olan yeryüzünde sıranın bana gelmesini bekliyordum.

Yeryüzü ağustos ayındaki Paris gibi hüzünlü ve ıssız.

Her gün tatil günü olmuş.

Yiyecek satan tüm dükkânlar ve lokantalar bir daha açılmamak üzere kapanmış, hayatta kalan son fırıncı iki yıl önce ölmüş, son kasap üç yıl önce ölmüş, en son da manav ölmüş.

Artık taze hiçbir şey yiyemiyorum, bir tek son kullanma tarihi benimkine yakın olan konserveleri yiyorum.

Dondurulmuş gıda satan bir yer vardı, ancak orası da Mösyö Picard'ın ölümünden sonra elektrik tamamen kesilince kapandı.

Ölüm cezası almış mahkûmlar elektrikli sandalyelerinde yaşlılıktan öldüler, alacakaranlıkta onlar için bir mum yaktım.

Dünyanın sonunu bekliyorum, canım ölesiye sıkılıyor.

Bütün evler terk edilmiş durumda, o kadar çok seçenek var ki bir türlü karar veremiyorum.

Sık sık ev değiştiriyorum.

Bir ara Élysée Sarayı'nda oturdum.

En kötüsü de yalnız olmak.

Sivrisinekleri sevmeye başladım.

Akşamları biri gelip burnuma konduğunda seviniyorum, bana eşlik ediyor. Ama onlar da yeryüzünden yavaş yavaş kayboluyorlar.

Her şeye sahip olabilirim, bankalardaki kasaları açıp içlerindekileri alabilirim, ısınmak için banknotları yakabilirim.

Asıl ihtiyacım olan şey yok: İnsan sıcaklığına sahip değilim.

Birinin bana "nasılsın?" dediğini duymak için dünyadaki bütün altınları verebilirim.

Çok kötüyüm, bütün erkekler öldü, daha da acısı bütün kadınlar öldü.

Zayıfladım, artık hiç tıraş olmuyorum, saçlarım uzadı, berberlerin hepsi öldü.

Çirkinleştim, artık şık ve cazip bir erkek değilim, baştan çıkarmak isteyeceğim kimse yok.

Son çiçekçi de öldü.

Ceketimin cebine koyabileceğim tek bir çiçek bile yok artık.

Karşı evin panjurları hâlâ kapalı, üstelik de demirden yapılmış bu panjurlar.

Komşularım daha dönmediler.

Panjurlardan biri açılıyor.

Sevincim kısa sürüyor.

Temizlikçi kadınmış...

On altı yaşındayım. Avusturya'nın Tirol eyaletindeyim.

HÖB'ün (Hıristiyan Öğrenci Birliği) gençlik kampında.

Herkesten önce dağa ben çıktım. Kamptan kaçtım, bana yetişemesinler diye gittikçe daha hızlı yürümeye başladım, zirveye ilk ben ulaşmalıyım, orada yalnız olmak istiyorum.

Tırmanıyorum, tırmanıyorum, ne kadar da zormuş.

Dağ çok yüksek.

Zirveye ulaşıyorum, yalnızım, yüksekte yalnızlığımın tadını çıkarıyorum.

Nefes alamıyorum, manzara soluğumu kesiyor, çok güzel, ama yanımda "ne kadar güzel" diyebileceğim kimse yok.

Haykırıyorum: "Yalnızım."

Yankılanan sesimden gelen yanıt: "Ben de."

Elli yıl önce HÖB'ün Avusturya'daki kampında birlikte olduğumuzu söylüyor.

Görünce beni tanıyor, ama ismimi hatırlayamıyor.

Hafızası zayıflamış, benimki de öyle.

Yeni bir kalçası var, benim de öyle.

Daha önce hiç çekmediği ağrılar yüzünden canı yanıyor, benim de öyle.

Bu durum beni rahatlattı, yalnız olmadığımı anladım.

Her konuda uyum içindeyiz, onun her cümlesinin sonuna şunu ekleyebilirim: "Benim de öyle."

Şimdi iki yaşlı adam olduk. Gençliğimizde baştan çıkardığımız kızlardan konuşuyoruz, geçmiş zaman kipinde.

Ortak arkadaşlarımızın ve ortak ağrılarımızın olduğunu keşfediyoruz. İkimiz de artık bedenimizde rahat edemiyoruz. Öyle konulardan sohbet etmeye başlıyoruz ki lafımız hiç bitmiyor. Birbirimize telefon numaraları, ilaç adları, doktorların muayenehane adreslerini veriyor; mucize diyetleri, jimnastik hareketlerini, vb. anlatıyoruz.

Onu tekrar görmekten mutlu olacağımı söylüyorum. "Ben de öyle" diyor bana.

Bu dünyada çok fazla kalmayı istemediğini, en kötüsünü yaşamadan gitmeyi yeğlediğini söylediğinde yanımdan tek başına ayrılmasına ses çıkarmıyorum.

Batıl inançlarım gereği, bu sefer "ben de öyle" sözünü eklemiyorum.

On sekiz yaşındayım, reddediliyorum, benimle dans etmek istemedi.

Dışarı çıktım, gecenin karanlığında sigara içmeye.

Gökyüzüne bakıyorum, ay ışığının altında yalnızım.

Romantik şairleri düşünüyorum, bir kişiyi özlersiniz ve bütün dünya ıssızlaşır...*

Yaşayan son romantik olduğumu hayal ediyorum.

Müziği duyuyorum. The Platters çalıyor: *Only You.*

Yalnızca sen karanlığı aydınlık yapabilirsin...

Onu başkasıyla dans ederken gözümün önüne getiriyorum.

Gözlerimden yaşlar fışkırıyor, ölmek istiyorum.

İlk nişanlım beni terk edince çiftlikten ayrılmak zorunda kaldım, Arras'a, annemin yanına döndüm.

Hiç dışarı çıkmıyorum, insanların nişanlımın nasıl olduğunu soracağını düşünüp acı çekiyorum; reddedildiğimi, terk edildiğimi açıklamak zorunda kalırsam kendimi küçük düşmüş hissedeceğim. İnsan bir türlü başkaları için o kadar da önemli ve ilginç olmadığını düşünemiyor.

Başlarda insanları güldürüyorum, o zaman benim için şöyle diyorlar: "Eğlenceli biri", "Onun yanında insanın canı hiç sıkılmaz." Ama bu olumlu düşünceler uzun sürmüyor. Hayattaki her konu üzerine şaka yapabilen birinin yeterince derin ve duyarlı olamayacağına karar veriyorlar. Beni hızla inceliyorlar, bir kez inceledikten sonra da doğru notu verdiklerini düşünüp yanımdan ayrılıyorlar ve bir daha geri dönmüyorlar.

* Fransız romantik şair Alphonse de Lamartine'in dizeleri. (ç. n.)

Madam Basset'nin evi, Arras'ta Paix Sokağı'ndaki babamın hastalarını misafir ettiği –*misafir ettiği* diyorum, çünkü hastalarının çoğundan para almazdı– evimizin yanındaydı.

Sokağımızda ilk televizyonu Madam Basset almıştı, Jean Nohain'in sunduğu "36 chandelles" adlı eğlence programını izlemek için onun evine giderdik.

Saçını ensesinde küçük bir topuz yaparak toplardı, üzerinde hep önlük olurdu, bir elinde süpürge, ötekinde de toz bezi ile evde dolaşırdı.

Kocaman evinde yalnız yaşardı. Madam Basset duldu.

Yalnızlık nedeniyle acı çekiyordu, kimsenin olmadığı kadar yalnızdı, ama insanlar onu evlerine davet ettiğinde hep reddediyordu. İnsanlarla birlikte olduktan sonra mutsuzluğa kapıldığını, kendisini daha da yalnız hissettiğini söylüyordu.

Oyalanmak için bütün gün evi temizliyordu.

Her gün küçük askerler gibi dizilmiş bir sürü ufacık biblonun tozunu alıyordu.

Evdeki her şey, parkeler, merdivenler, yer karoları, döşeme taşları, avizeler, bakır tencereler pırıl pırıl parlardı.

Bütün hayatını neden yerleri, eşyaları ovup temizleyerek, pırıl pırıl parlatarak geçiriyordu?

Bir gün bu sorunun yanıtını buldum.

Evinde dolaşırken bir kaleydoskopun tam ortasında yansımalarla çevrelenmiş gibi oluyordu, böylece etrafındaki her şey, ona bakıyor ve eşlik ediyordu, ya onun önünden ya da hemen arkasından geliyor, kimi zaman ona gülümsüyordu ve o da onlara Mona Lisa'nınki gibi bir gülümsemeyle yanıt veriyordu.

Bu şekilde evinde tek başına olmuyordu.

Romalı şair Terentius şöyle haykırıyordu: "Bu nasıl olur? Nasıl olur da insan bir şeyi kendinden daha çok sevmeye kalkar!"

"Çok şaşırtıcı, öyle değil mi?" derdi bunun üzerine Mösyö Kiklop.*

Diğerkâmlık, başka insanları kendinden çok sevmektir.

Doğal bir tavır değildir, bencillik gibi insanın doğasında bulunmaz.

Karım Sylvie diğerkâmdı, ondan daha fazla diğerkâm olmaya çalışan biri ölür. Zaten o da öldü, benden önce öldü, bu da tüm hayatı boyunca görgü ve bilgelik alanında yaptığı tek hatalı davranış oldu.

Ben her zaman başka insanları sevmedim, ama onların beni sevmesi çok hoşuma gitti.

İnsanlara sık sık telefon ediyorum, amacım nasıl olduklarını, neler yaptıklarını öğrenmek değil, onlara kendi yaptıklarımı anlatmak.

İnsanlar uzun uzun kendi hayatlarını bana anlattıklarında ise sıkılıyorum, bir süre sonra onları dinlemeyi bırakıyorum, konuşmaları bir an önce bitsin de en sonunda ben artık kendimi anlatmaya başlayabileyim diye bekliyorum.

Ben diğerkâm biri değilim, sadece kendimi düşünüyorum, ama başkalarına ihtiyaç duyuyorum.

Diğerkâmları seviyorum, onlar başkalarını, özellikle de beni çok mutlu ediyorlar.

---

* Kiklop: Yunan mitolojisinde alnının üzerinde tek gözü bulunan dev. Yazar kendisinin televizyon için hazırladığı, sunuculuğunu Pierre Desproges'un yaptığı "Mösyö Kiklop ile İlginç Bir Dakika" adlı programa gönderme yapıyor. Programın her bölümünün sonunda Desproges "Çok şaşırtıcı, öyle değil mi?" diyordu. (ç. n.)

Everest'te yolunu şaşırmış donmak üzere olan bir dağcı olsaydım,

okyanusun ortasında dalgaların hızla çarptığı bir kayaya tutunmuş, gemisi batmış bir kazazede olsaydım,

Sahra Çölü'nde güneşin altında cayır cayır yanan bir kâşif olsaydım,

caddede karşıdan karşıya geçmek isteyen bir kör olsaydım,

gecenin bir saatinde arabam bozulsaydı,

ıssız bir adada yaşasaydım,

sürücü kabininde yalnız bir hızlı tren makinisti olsaydım,

sigaramı yakmak üzereyken ateşimin olmadığını fark etseydim,

merdivenlerin başında kalakalmış bir felçli olsaydım,

komik bir hikâye bilseydim ve bunu anlatacak kimsem olmasaydı,

sırtımın ortasında bir yer kaşınsaydı ve kolum oraya uzanamasaydı,

işte o zaman Jean-Paul Sartre bir cüret çıkıp bana "cehennem başkalarıdır" deseydi, ondan sırtımı kaşımasını isterdim.

Başkası beni ezmemek için frene bastı ve eliyle bana arkadaşça selam verdi.

Bir başkası kapıyı ben de geçeyim diye açık tuttu, bana yer vermek için ayağa kalktı, önünden geçmem için bana yol verdi, gülümsedi, ben espri yaptığımda güldü.

Tüm o kaba erkek ve kadınlarla birlikte iyi niyetli insanlar da evlerinin kapılarını yüzüme kapadıklarında başkası bana ateş verdi.

Başkası dediğimiz kişi kusurlardan ibaret değil.

Metrodayım, bir grup gencin önünde dikiliyorum, kalabalık yüzünden herkes birbirine yaslanmış duruyor, ben ise havasızlıktan bunalıyorum. Kitap okuyan biri var, *Yalnız Gezenin Düşleri*'ni okuyor, okumayı unutmuş başka adamların kulaklarından patates filizleri gibi kıllar fırlamış, boş boş önlerine bakıyorlar, içlerinden bazıları başlarını öne arkaya sallayıp dinledikleri müziğe eşlik ediyorlar.

Ne dinliyorlar? *Je suis seul ce soir avec mes rêves** adlı şarkıyı mı?

Orada birden fenalaştığımı hayal ediyorum. Tam önlerinde ölsem eminim bunu fark etmezler bile.

Ölürsem düşemem, yer yok, birbirimize yapışmış durumdayız, öyle bir durumda çevremi bir çit gibi saran başkaları sayesinde ayakta kalacağım.

Ayakta durmak için başkalarına ihtiyacım var.

O zaman ben de herkesin indiği Père-Lachaise** istasyonunda yığılacağım olduğum yere, artık beni tutacak kimse olmayacak. Sonunda Sylvie'nin yanına gidebileceğim.

Madam Sun Ygong da ayakta durmak için başkalarına ihtiyaç duyuyor.

Japon bir kadın, ailesinden yaşayan kimse yok, çok zengin, kocaman bir binası var, ama o mağazalarda hırsızlık yapıyor.

Hapse atılacağını söyleyerek onu tehdit ettiler. Aldırmadı, çalmaya devam etti.

Sorgulandığında hapse girmek istediğini söyledi.

Yalnızlığına son vermek için.

Madam Sun Ygong için cehennem başkaları değil.

Şansı yaver gitmedi. Aynı suçu işlemeye devam edince onu tek kişilik bir hücreye koydular.

Yalnız olduğumu duyan otelcinin yüzü asıldı. Kazanacağı paranın az olacağını düşünüp üzüldü. Tek kişilik kahvaltı, öğle ve akşam yemeklerinde tek kişilik servis... Oysa benim masama dört kişiyi yerleştirebilirdi.

Nicolas*** iki şişe şarap alırsanız indirim yapıyor, bir şişe şaraba indirim yok. SNCF**** gruplara özel bilet fiyatı belirliyor, çiftler için de indirimli biletler var, ama yalnız insanlar için özel bir

* "Bu akşam rüyalarımla yalnızım": Lucienne Delyle adlı tanınmış Fransız şarkıcının seslendirdiği şarkı. (ç. n.)

** Père-Lachaise: Paris'teki ünlü mezarlık, yazarın karısının mezarı da orada bulunuyor. (ç. n.)

*** Nicolas: Fransa'nın ünlü şarap dükkânı. (ç. n.)

**** SNCF: Fransız Ulusal Demiryolu İşletmesi. (ç. n.)

fiyat yok, kimse yalnız geçirilecek bir hafta sonu için programlar hazırlamıyor.

Yalnız kadınları da insanlar pek davet etmiyor. Yasal olarak evli olanlar, bu kadınların neşeleriyle kocalarını etkileme gücünden korkuyorlar, çoğu zaten gitmek için hazır bekleyen kocalarının kapıyı çekip gidivereceğini düşünüyorlar.

İnsanlar genelde yalnızlardan uzak durmaya çalışıyor, yalnız olmalarının bir nedeni olduğunu düşünüyor, yalnızların birlikte yaşaması zor insanlar olduklarına karar veriyor ya da daha da kötüsünü akıllarına getiriyorlar: Belki de bu yalnız insanlar kuduz olmuşlardır.

Yalnız adam tek başına konuşur, kendi kendine konuşur, düşüncelerine dalıp gider, olduğu yerde sıkışıp kalır, hareket edemez, bir türlü ilerleyemez.

Kendimle baş başayken hiçbir zaman sıkılmadığımı söyleme cesaretini gösteremem, kötü niyetli kişiler benim çok azla yetinmeyi başardığımı ileri sürecek. Bazı insanlarla beraberken kendimle baş başa olduğum zamanlardan daha fazla sıkıldığım doğru.

Kendimle baş başa olmayı sevmiyorum, kendime anlatacak yeni bir şey yok. Sürekli kendimi tekrar ettiğimi düşünüyorum. Kendime her şeyi söyledim, ona açıklayacak bir sırrım kalmadı. Bazen sırf yalnız kalmayayım diye her şeyi yapmaya hazır hissediyorum kendimi. Birini yoldan çevirip saat kaç diye sorabilirim, yolumu kaybettiğimi söyleyip ondan adres tarifi isteyebilirim, son günlerde havanın nasıl olduğundan söz açıp onunla sohbete koyulabilirim.

Bu konuşma işini, köpeğinin çok sevimsiz olduğunu düşündüğüm birine ne kadar harika bir köpeğiniz var demeye kadar vardırabilirim.

Sırf yalnız olmamak için aptal bir kadınla yaşamaya hazır mıyım? Hiç sanmıyorum.

Başkaları sayesinde olaylara farklı bir pencereden yaklaşır, bakış açımızı değiştirir, ufkumuzu genişletir, görüşlerimizden kuşku duymaya başlarız; başkaları kimi zaman da bizim için bir örnek oluşturur.

Başkaları var olduğu için düşüncelerimizi ifade edebilir, onları sınayabiliriz; başkaları bizim için düşüncelerimizi öğüttüğümüz, onları pürüzlerinden arındırıp parlattığımız değirmen taşı görevini üstlenir.

Söylediklerimize karşı çıkacak kimse olmazsa sonunda hep haklı olduğumuza inanırız ve gün gelir haksız olmaya başlarız.

Yalnızken saçmalama tehlikesi vardır. Ancak insan yine de kendi başkalarını iyi seçmeye özen göstermelidir.

Hayatta bildiğimiz her şeyi, başkaları, onların konuşmaları, yazdıkları kitaplar, ürettikleri yapıtlar sayesinde öğrendik...

Bazı "başkaları" merakımızı uyandıran, yolumuzu aydınlatan sokak fenerleridir, karanlıkta yürümemize yardımcı olur, gecelerimizi aydınlatırlar.

Başkaları bizim için bir basamak, bir sıçrama tahtası işlevi görebilirler.

Bizi yükseltebilir, uzaklara fırlatabilirler...

O zaman bağlayın kemerlerinizi!

Alter ile Ego toplumsal mizahın başrol oyuncularıdır.

Bunlar Latince sözcüklerdir, Alter başkası demektir, Ego da ben demektir. Benim tercihim Ego'dan yana, zevk meselesi.

Ego ile Alter dünyada birlikte yaşamak zorundalar ve bu hiç de kolay değil. Anlaştıkları zaman her şey iyi gider, birbirlerinden nefret ettikleri zaman ise felaket çanları çalmaya başlar.

Aşkta Alter, Ego'nun rakibidir: "Sevdiğim kadın beni bir başkası için terk etti."

Alter, Madam Ego ile konuşup ona kur yapınca Ego kıskançlığa kapılır. O da bunun üzerine Madam Alter'i baştan çıkarmaya çalışmaktan geri kalmaz.

Sporda Alter, Ego'nun karşısında yer alır, birinci olmak ister. Ego ise kazanmak için başkalarından uzaklaşmak, yarışçıların arasından sıyrılmak zorundadır.

Savaşta Alter düşmandır ve Ego onu öldürmek zorundadır.

Katolik dininde Alter kardeştir ve Ego onu kendisini sevdiği gibi sevmelidir.

Peki ya Ego kendisini sevmiyorsa?

Alter ego size benzeyen biridir, sizin çok da iyi olmayan halinizdir.

Tüm gençliğim boyunca bana hep tek olduğumu söylediler, ben de buna inandım.

Geçer not alamayan bir tek sensin. Erkek kardeşine bak!

Yatağını düzeltmeyen bir tek sensin.

Ayakkabılarını boyamayan bir tek sensin.

Berbere gitmeyen bir tek sensin.

Böyle giyinen bir tek sensin.

On dört yaşındayken romantik görünmek için kravat takmıyor, ortasını kocaman bir düğüm yaptığım eşarbı boynuma sarıyordum.

Herkes gibi olmayan bir tek sensin.

Yönetmen ve yazar olarak çalışırken hep başkaları gibi olmamayı arzuladım, bir ineği telefonla konuşturdum, yükseklik korkusu olan bir kuş yarattım, terbiyesiz bir dilbilgisi kitabında* "osurmak" fiilini var olabilecek her durumda ve her zamanda çektim.

Kimlik konusunu işleyen bir belgeseldeki çocuk psikiyatrının söylediklerine göre bir çocuk gerçekten kendisi olmayı hayır sözcüğünü ilk kez kullandığında başarıyormuş.

Bir başkası değil de kendim olmayı istediğim için ben çok sık "hayır" dedim.

Hayır diyerek başkalarından uzaklaşırız, kurallara karşı çıkar, yalnızlıkla baş başa kalırız. Ama tüm bunların karşılığında da özgürlüğümüzü kazanırız.

Otoyoldan ayrılıp çalılıklarla kaplı patikalara saptığımızda kaybolabiliriz, ama arada sırada bu yollarda karşımıza yabani çiçekler de çıkabilir.

---

* Yazar dilbilgisi kurallarını hatalardan ve sıra dışı örneklerden yola çıkarak çocuklara öğreten kitabına gönderme yapıyor. (ç. n.)

Descartes "Düşünüyorum, öyleyse varım" diye yazdı. "Yalnız" sözcüğünü de kullanabilirdi: "Düşünüyorum, öyleyse yalnızım". Şöyle de yazabilirdi: "Yalnızım, öyleyse düşünüyorum".

Yalnızken düşünür, tasarlarız. Bunu yapmak başkalarıyla beraberken gürültü nedeniyle çok zor olur.

Birkaç kişi olduğumuzda kendimizi konuşmak zorunda hissederiz, konuşurken de her zaman düşünemeyiz ve kimi zaman başkalarının hoşuna gitmek için ağzımızdan onların duymayı isteyeceği sözler çıkar.

Yalnızken kendimi özgür hissediyorum, canımın istediği şeyi düşünebilirim, kendi düşüncelerime sığınıyorum, "kafası başka yerde" denilenlerden oluyorum. Kafamın başka yerde olmasına bayılıyorum, düşüncelerimin arasındaki yollara sapmayı, zihnimdeki çılgınlıkları özgür bırakmayı çok seviyorum.

Tuhaf, uygunsuz, kimi zaman utanç verici düşüncelerimin olması hoşuma gidiyor.

Yasak düşünce yoktur. Ben özgür bir düşünür olmak istiyorum.

Bizim büyük düşünürlerimiz düşünce özgürlüğünü her zaman savundular.

Montaigne, Descartes, Voltaire ve Florent Pagny hep buna inandılar.

Başkalarıyla birlikte olmayı istemiyorum, başkalarına ihtiyacım var.

Kendime güvenmem için başkalarının bana güvenmeleri gerek, bu yüzden başkalarına ihtiyacım var.

Gülümsemeyi istemem için başkalarının bana gülümsemesi gerek, bu yüzden başkalarına ihtiyacım var.

Sadece beni mutlu etmeleri için başkalarına ihtiyacım var.

Bir de iyi bir restoranın adresini vermeleri için.

Hayatımda bana bir şeyler öğretmiş olanları hep hatırlıyorum. Sanatı seven ve sanat yapıtlarını benimle paylaşan annemi, merak duygumu harekete geçiren öğretmenlerimi, bir ressamı, müzisyeni, yazarı, yönetmeni keşfetmemi sağlayan arkadaşlarımı...

Arkadaşlarımı hep beni geliştirebilecek kişiler arasından seçtim. Desproges'a karşı sevgiden daha fazlasını hissediyordum, hayrandım ona; çok titizdi, doğru sözcüğü bulana ve cümleyi en iyi biçimde kurana kadar hiç usanmadan çalışıyordu, en sonunda ortaya güzel bir yapıt çıkarmayı amaçlıyordu, ben de onun teşvikiyle yazı yazmaya başladığımda işte bu özelliklerinden çok yararlandım.

Ben başkalarına ne verdim?

Bu soruyu onların adına yanıtlamak zor, onlara sormamız gerek...

Sevgili annemi, sevgili büyükannemi, sevgili nişanlılarımı, sevgili karılarımı, sevgili kızımı düşünüyorum. Mutlu olmak için varlıklarına ihtiyaç duyduğum tüm kadınları...

Onlarla dertlerimi paylaştım, güldürdüm de onları. Hayatımda çok sık olmayan o anlarda diğerkâm birine dönüşüyordum.

Bu genelde kadınlarla beraberken başıma geliyor.

Başkasının kadın olmasını tercih ediyorum.

Psikiyatrımın kadın olmasını istedim, bir kadının beni daha hoşgörülü ve iyi niyetli bir tavırla dinleyeceğini, daha iyi anlayacağını, yargılamaktan kaçınacağını düşünüyorum.

Kadınlar beni erkekler kadar korkutmuyor.

Savaşta erkekler öldürür, kadınlar iyileştirir, onlar hemşire olurlar. Ağlayan çocukları teselli etmeyi, pasta yapmayı bilirler; ayrıca tenleri de yumuşacıktır, onları öptüğünüzde yanağınıza bir şeyler batmaz, en önemlisi de erkekler gibi her konuda hep haklı olduklarını düşünmezler.

Erkekler konuşurlar, kadınlar dinlemeyi bilirler.

Kimi zaman da çok güzel olurlar.

Arras'taki konser salonunda annemle birlikteyim.

Bir piyano resitali. Kadın piyanist piyanosunun önünde tek başına, yanında partisyonun sayfalarını çevirecek birisi yok, partisyon onun kafasında.

Piyanistin yüzü ışıl ışıl parlıyor, Mozart'a hayran, piyano sonatlarına bayılıyor, ama hepsine değil.

Do majör K 521 ile *re* majör K 448'i çalmayı kabul etmiyor. Neden?

Çünkü bunlar dört el için yazılmış sonatlar. Başkasının ellerini sevmiyor.

Birkaç kez başkasıyla birlikte kitap yazma önerisi aldım, bu önerilerin hiçbirini kabul etmedim. Sanki benden bir başkasının beyniyle düşünüp bir başkasının sözcükleriyle konuşmamı istemişlerdi.

Piyano konçertolarını da çalmıyor. Kendisine eşlik edilmesini kabul etmiyor. Başkalarının varlığına katlanamıyor.

Utangaç ve yabani biri, hiç gülmüyor, kimseyle konuşmuyor, kendi dünyasında yaşıyor.

O bir solist, tek başına ve yalnız.

Arras'taki katedralde verilen konser harikaydı, en az yüz kişi vardı, erkekler, kadınlar ve çocuklar. Hepsi koro halinde Beethoven'ın dokuzuncu senfonisinin "Neşeye Övgü" bölümünü söylediler.

Hepsinin sesi çok güzel değildi, amatörlerdi, ama hep birlikte söylediklerinde çok etkileyici bir ses ortaya çıkıyordu.

Bazen birlikte yapılan şeyler daha iyi olabiliyor.

Katedrallere bakın, insanlar onları inşa etmek için birlikte çalıştılar.

Bazen daha kötü de olabiliyor.

Babil Kulesi'ni ve Eurovision yarışmasını düşünün...

Bu gece rüyalarımla yalnızım, diyor yalnız gezen Jean-Jacques Rousseau. Müzisyendi aynı zamanda, bir opera bile bestelemişti: *Köy Falcısı*.

Yalnız gezen adam hiçbir zaman yalnız değildir.

Rüyaları çok kalabalık olur.

Sylvie gittiğinden beri onu geceleri görüyorum, sık sık rüyama giriyor, o kadar ki sabahları yanımda onu arayarak uyanıyorum.

Perşembe günleri kiliseye giderdim, kilise boş olurdu, küçük orgların başına geçip çalmaya başlardım.

Şehrin merkezindeki Saint-Nicolas Kilisesi'nde iki çeşit org vardı: Büyük orglar basamakların tepesinde yukarıda olurdu, küçük orglar ise rahibin durduğu bölümün hemen yanında sıralanırdı.

Klavyenin başına oturur çalardım. Çalmayı bilmiyordum, doğaçlamaya benzer bir şeyler çalıyordum bildiğim parçalar üzerine, repertuvarımda şunlar vardı: *Re Minör Toccata ve Füg*, Schubert'ten *Bitmemiş Senfoni* ve Beethoven'dan *İmparator*.

Çalmayı bilmeseniz de orgla piyanoda olduğundan daha güçlü sesler çıkarabiliyorsunuz. Elektrik sayesinde sesler daha uzun bir süre duyuluyor. Orgun üzerinde ayrıca harika bir panel var, üzerinde flüt, obua yazan düğmelerin bulunduğu bu panel sayesinde istediğiniz bütün enstrümanlar elinizin altında oluyor, panelde ilahi sesler de var, meleklerin şarkısını duymak için bir düğmeye basmanız yeterli.

Tuşlara hızla basıp en yüksek sesi çıkarmayı seviyordum, ses kilisenin içinde çınlıyordu, işte o zaman ürperiyordum, tüylerim diken diken oluyordu.

Bitmemiş Senfoni üzerine yaptığım bir doğaçlamadan sonra hayalimde Schubert kiliseye girip beni tebrik ediyor ve senfonisini benim bitirmemi istediğini söylüyordu.

Ona hayır demek zorundaydım, bu isteği kabul etmem akıllıca olmazdı, çünkü o sırada ortaokul diplomamı almak için girmem gereken sınavlara hazırlanmak zorundaydım.

Karşı komşumun demir panjurları hâlâ kapalı.
Pazar akşamı olmasına rağmen hâlâ evlerine dönmediler.
Bu yaptıkları hiç hoş değil...

Başkaları olmadan yaşamak zor, başkalarıyla birlikte yaşamak da zor. Yaşamak hep zor.

Sessizliği severken bir gevezeyle yaşamak, köy hayatını severken şehir hayatını seven biriyle yaşamak, gündüzü severken geceyi seven biriyle yaşamak, kuzeyi severken güneyi seven biriyle yaşamak, Satie'yi severken Wagner'i seven biriyle yaşamak, eti çok pişmiş severken az pişmiş seven biriyle yaşamak, çok kısa boyluyken çok uzun boylu biriyle yaşamak...

Her saniyenin dörtte birinde bir kadın dünyaya bir çocuk getiriyor. O kadını mutlaka bulup ona artık durmasını söylemek gerek...

Bu dünyada yaşayan biri olarak ben 6 milyar başkasının varlığından bunalmış durumdayım. Üstelik bu sayı artıp duruyor, dünyamıza her gün 232.000 yeni sakin katılıyor.

Markette boş alışveriş sepeti bulamayınca şaşırmamalıyız artık.

Bu kalabalık, çağımızın başına gelen en büyük bela.

Kalabalıklardaki insan sayısının bu kadar çok olması bizi boğuyor, Heysel Stadı'nda otuz ölü, Mekke'deki hac ziyaretinde bin ölü...

Saat altıda metroda çok fazla sayıda kardeşimiz çok yakınımızda duruyor.

Yollarda yüzlerce kilometreyi bulan araç kuyrukları, her yerde, markette, Mont Saint-Michel'de sıralar, kuyruklar... Yakında Venedik'e girmek için belli bir ücret ödeyeceğiz.

Dünyanın en güzel yerleri turist sürülerinin işgali altında. Güzellik elimizden yok pahasına gitti.

Paris'teki Louvre Müzesi'nde artık tabloları görmek mümkün değil, tek gördüğümüz tabloların fotoğraflarını çekenlerin sırtları oluyor.

Kitle turizmi, kitle kültürü. Her şeyi ezip geçen bir kitle...

Cennetin kapılarının önünde de hep kuyruklar var.

Yakında cennet de kalmayacak zaten, sadece cehennem olacak.

Milyonlarca kişi nefes alıyoruz, yakında hava hepimize yetmeyecek.

Milyonlarca kişi mutluluğu arıyor, yakında mutluluk diye bir şey kalmayacak. Sesler milyonlarca desibele ulaşacak kadar yüksek çıkıyor, yakında sessizlik diye bir şey kalmayacak.

Yalnızlığın sessizliğini kalabalığın gürültüsüne, yalnızlığın huzur veren esintisini kalabalığın boğucu sıcaklığına tercih ediyorum.

"Yalnızlıktan şikâyet etmek iyiye işaret değildir, ben hayatımda sadece kalabalıktan şikâyet ettim."

Belki de Nietzsche bir hafta sonunun bitiminde sıkışık trafikte Weimar'a dönmeye çalışırken bu cümleyi söylemişti.

Kalabalığa karşı savaşmak, dörtnala koşarak büyüyen nüfusla mücadele etmek için radikal bir çözüm buldum: İnsanların arasına kurt sürülerini sokmak.

Halkın ortalama ölüm oranı binde 12, doğum oranı da binde 18, bir kurdun günde bir çocuğu yiyeceği düşünülürse Fransa'nın yaklaşık 70 milyon olan nüfusunu sabit bir sayıda tutmak için 1200 kurt yeterli olacaktır.

Çobanları sevindirecek bir çözüm önerisi bu.

Kurt bir çocuğu yemekle meşgulken bir koyunu da yememiş olacaktır.

Ben yaşlı bir yalnız kurdum,
Düşünen kimse yok beni.
İntikam almak için ben de kimseyi düşünmüyorum;
her pazar günü,
bir kuzu budu yiyorum
kötülük olsun diye.

Yalnız olduğumda bir düzine istiridye alıyorum, on iki tane yiyebileceğimden eminim.

Televizyonun önünde oturuyorum, istediğim programı açabilirim.

Telefon çalıyor, ahizeyi ilk kaldıran ben oluyorum.

Tek kişilik bir araba alabilirim.

Tıraş olmak zorunda değilim.

Teşekkür ederim demek zorunda değilim.

Karşılık vermek zorunda değilim, benimle konuşan yok.

Radyonun sesini sonuna kadar açabilirim.

Kibar olmak zorunda değilim.

Uslu olmak zorunda değilim.

Gece köpeğimle birlikte uyuyabilirim.

Tabii bir de günlük hayatın sorunlarıyla tek başıma boğuşmayı öğreniyorum.

Kış geldi, elma ağacının dalları boş, sadece en yukarıdaki dallardan birinden küçük bir elma sarkıyor, yaşlı bir elma, buruşmuş, yalnız, ailesinin öteki bireylerinin hepsi şu an ağacın dibinde çürüyor.

Yaz mevsiminden canlı çıkan bir tek o.

Kendimi yalnız hissediyorum.

Yalnızlık çok uzun süre kapalı kalmış bir oda gibi kokuyor, naftalin kokuyor, ekşimtırak, kimi zaman çürümüş meyveyi andıran bir küf kokusu doluyor burunlarımıza.

Canlı olarak kalmayı başarınca kendimizi daha da yalnız hissediyoruz.

Ben o yaşlı elmayım. Karımla oluşturduğumuz çiftin canlı kalanı benim, artık hayatta yalnız ilerlemek zorundayım.

Peki bunu yapmayı gerçekten istiyor muyum?

İki kez evlendim yalnız olmamak için. İlki rastlantı sonucu oldu, ikincisi de rastlantıydı, ama rastlantıların en talihlisiydi.

İnsanın aynı şeylere güldüğü, güzel sıfatıyla aynı şeyleri nitelediği biriyle karşılaşması çok ender olur. Bu, insanın başına hayatta yalnızca bir kez gelir.

Benim başıma da Sylvie ile karşılaşınca geldi.

"Aynı şeyleri, aynı evleri, aynı insanları, aynı şarapları, çoğunlukla aynı filmleri, aynı çiçekleri, aynı kedileri severdik..."* Bu cümleyi geniş zamanın hikâyesinde, geçmiş olayları anlattığımız zamanda yazmak zorunda kaldım.

"Güz yapraklarıyla birlikte kibarca mutluluğun çekip giden sesiyle yere düştü."**

İlk seferinde toprağı ekmeye duyduğum sevgiden dolayı, atın üstünde ya da traktörün tepesinde giderken doğada yalnız olabilmek ve çiftçinin kızının güzel gözlerine bakabilmek için köylü oldum.

Babasının çiftliğini devralmak istedim ve büyük bir cesaretle hareket edip Artois'nın sonsuzluğa uzanıyor gibi görünen kocaman tarlalarını geceleri bile ekip biçtim.

Tarlaları ekerken traktörün üstünde unutulmaz anlar yaşıyordum. Bitimsiz gecede yapayalnızken toprakta aniden beliren dalgalarla sarsılan bir geminin kaptanı oluyor ya da birden Mermoz'a dönüşüp, And Dağları'nda görüşün az olduğu yüksek rakımlı bölgelerde kükreyerek yol alan uçağın kahraman pilotu oluyordum.

Modern çağların kahramanıydım, uyuklayan insanlığa gıdasını getirerek babalık yapıyordum.

---

* Bkz. *Dul*, Jean-Louis Fournier, çev. Can Belge, YKY, 3. Baskı, Şubat 2020, s. 25. (ç. n.)

** Bkz. *age*, s. 9. (ç. n.)

Traktörümün farlarının ışığında gece kuşları fırıl fırıl dönüyordu. Kaputun üstüne kocaman bir kuşun konduğunu hatırlıyorum, kendisine eşlik edecek bir arkadaş ya da insani bir sıcaklık arıyordu herhalde, öyle değil mi?

Ya da sadece buz tutmuş küçücük ayaklarını traktörümün ılık kaputunda ısıtmak için gelmişti.

İki kişiyken bütün bir tavuk alabiliyordum.

İki kişiyken bir şişe şarap sipariş verebiliyordum, iki küçük şişe istemek zorunda kalmıyordum.

İki kişiyken içtiğimiz şarap ve izlediğimiz film üzerine konuşabiliyordum.

İki kişiyken sinemada iki bilet alabiliyordum.

İki kişiyken iki kişilik bisiklete binebiliyordum.

İki kişiyken Vermeer'in bir tablosunun önünde "güzel, öyle değil mi?" diye sorabiliyordum.

İki kişiyken arabamda sürücünün yanındaki koltuk boş kalmıyordu.

İki kişiyken duvara bir tablo astığımda düzgün durup durmadığını söyleyecek biri oluyordu.

İki kişiyken daha az televizyon izliyordum.

İki kişiyken akşamları daha az korkuyordum.

Geceleri de daha az üşüyordum.

Hazır bunlardan söz açmışken yatağın tamamı bana ait olmuyordu.

Horlarsam da azarı yiyordum.

Nicolas'ya geldim.

Şarap alacağım. Eskiden az bulunan şaraplardan alırdım, evde adını bilmeden tadım yaparak eğlenirdik.

Genellikle Sylvie kazanırdı, damak tadı çok rafineydi, onun her şeyi benden daha rafineydi.

Şimdi yalnız olduğuma göre küçük şişe şaraplardan mı almalıyım? Karar veremiyorum. Her markanın küçük şişesi olmuyor, bu nedenle seçenekler sınırlı. Sonunda normal bir şişe almaya karar veriyorum. Château şaraplarından bir Chasse-Spleen* alıyorum.

Bir şişe şarabı yalnız içeceğim.

O zaman şarabım daha çok, kederim daha az mı olacak?

Babam bunaltısını Byrrh** kadehleriyle kovuyordu, Byrrh'in reklamı şöyleydi: "Hayat Byrrh ile hep daha güzel!"

Montaigne *Denemeler*'inde insanlara kendi evlerinde gizli bir odalarının olmasını öneriyordu: "Kendimize dükkânın arkasında, yalnız bizim için bağımsız bir köşe ayırıp orada gerçek özgürlüğümüzü, kendi sultanlığımızı kurmalıyız. Orada, yabancı hiçbir konuğa yer vermeksizin kendi kendimizle her gün baş başa verip dertleşmeliyiz; karımız, çocuğumuz, servetimiz, adamlarımız yokmuş gibi konuşup gülmeliyiz. Öyle ki, hepsini kaybetmek felaketine uğrayınca onlarsız yaşamak bizim için yeni bir şey olmasın."***

İnsanın aradığı rahatlığa kavuşacağı gizli odasında birkaç şişe kaliteli şarabın bulunmasında hiçbir sakınca yoktur.

---

* Chasse-Spleen: Kırmızı şarap markası, sözcük anlamı "Bunaltı-Kovar". (ç. n.)

** Byrrh: Kırmızı şarap, misel ve kininden yapılmış, genelde aperitif olarak içilen aromalı bir içki. (ç. n.)

*** Bkz. Montaigne, *Denemeler*, çev. Sabahattin Eyüboğlu, İş Bankası Kültür Yayınları, 2006, s. 33-34. (ç. n.)

Unutmak için içki içiyorum, yalnız olduğumu unutmak için.

Birkaç duble viski içtim.

Çakırkeyif oldum. Çift görmeye başladım.

Aynaya bakınca rahatlıyorum.

Tek başıma değilmişim.

"Tek başına olmamak" benim dilimin argosunda alkolün etkisine girmek anlamına gelir.

Kapı çalındı.

Kapı çalınınca seviniyorum, belki bir sürprizle karşılaşırım.

Kapıyı açmak için hızla yürüdüm.

Karşımda bir sürpriz duruyordu.

Kapının önünde hoş bir genç kadın vardı. Merhaba Bay Fournier, benim adım Claire, belediyeden gönderdiler beni, size bir süreliğine eşlik edeceğim.

Bunları söylerken içtenlikle gülümsüyordu, ona teşekkür edip çok ince bir davranışta bulunduğunu söyledim, sonra da ondan içeri girmesini rica ettim.

Şaşırmıştım, olan biteni anlamaya çalışıyordum, neden beni, özellikle beni görmeye gelmiş olabilir ki?

Birden hatırlıyorum: Geçen yıl XX. Bölge Belediyesi yalnız yaşayan yaşlılarla tanışmak, onlara haftada birkaç saat boyunca eşlik etmek isteyen gönüllüler aradığını duyurmuştu. Roman kahramanları için ilginç fikirler bulmak istemiş, bunun iyi bir fırsat olacağını düşünmüştüm.

Gönüllüler listesine adımı yazdırmıştım.

O günden beri bu konuyla ilgili hiç haber almamıştım.

Herhalde benim adımı kayıtlara geçirmişler, ama yanlışlıkla evlerde verilen hizmetlerden yararlanmak isteyen yaşlıların listesine eklemişler, Claire de bu sayede beni ziyarete gelmiş.

Ona oturmasını söyleyip kahve içmek isteyip istemediğini soruyorum.

Hoş bir kadın Claire, gülkurusu bir tişört ve siyah bir kot var üzerinde, gözleri açık yeşil, cazibesinden etkilenmemek mümkün değil. Bu kadar yaşlanmış olmama rağmen aklımdan hâlâ ahlaksız düşünceler geçiyor.

Ona hep böyle yalnız olmadığımı söylüyorum, hayatım boyunca yaptığım onca şeyi anlatıyorum. Televizyonda çalışırken etrafımı çok sayıda güzel kadın sarardı, bir keresinde Elizabeth Taylor'a dokunduğumu Claire'e itiraf ettim: UNICEF'in galasının canlı yayınında onu sahneye doğru yöneltirken omzuna dokunmuştum.

İlgisini çektiğimi düşünüyorum, eğlenerek dinliyor beni, belki de biraz hayranlık var yüz ifadesinde. Ben ona eşlik eden kişi oluyorum.

Ona kendimden bahsediyorum, konuşmayı en sevdiğim konu bu zaten. Kitaplarımdan bölümler okuyorum. Noiraude'dan söz ediyorum, biliyor onu, küçükken televizyonda izlemiş. Bayılıyormuş ona.

Sonra ondan söz etmeye başlıyorum, o ne yapıyor?

Sanat tarihi okuyor, ilgi alanı XIX. yüzyıldaki din temalı resimler. Konusunda tam bir uzman olduğunu düşünüyorum, kullandığı bazı sözcüklerin anlamlarını bilmiyorum, bana bir şeyler öğretebilir, yeni ressamlar tanımamı sağlayabilir.

Haftada iki saat evime gelip bana eşlik etmek istediğini söylüyor.

Claire beni aydınlatacak.*

---

* Fransızca "aydınlatmak" ("éclairer") fiili de "Claire" sözcüğünü içerir. (ç. n.)

Dün bir hayalet gördüm.

Karşıdaki evin penceresinde, bir serap gibi güzel ve uçucu...

Ustalıkla çok hoş bir makyaj yapmıştı, en güzel elbisesini, ipekli kumaştan kırmızı elbisesini giymiş, ucunda küçük bir figür olan gümüş bir kolye takmıştı. Harika görünüyordu.

Sokağa indi. Sokak ıssızdı.

Apartmana geri döndü, apartman boştu. Giriş, dairelerin önü hep boştu, kimse yoktu.

Ona bakışlarını yöneltecek kimse yoktu.

Hayal kırıklığına uğramıştı.

Böyle olacağını bilseydi hiç süslenmezdi. Evine döndü, odasına girip karanlıkta ağlamaya başladı. Gözyaşları güzel makyajının bozulup akmasına neden oldu.

Yalnızdı, ben de yalnızdım, ona gülümsedim, gülümsemeyle karşılık verdi bana, birlikte dışarı çıktık, el ele, yalnız kadın ile yalnız erkek...

*Pas de deux** yapmak için. Sonra o birden ortadan kayboldu.

---

* *Pas de deux*: Balede biri kadın, biri erkek olmak üzere iki dansçının birlikte gerçekleştirdiği bir dans türü. (ç. n.)

Claire XVIII. yüzyıl resimlerine bakmak için benimle Louvre Müzesi'ne geldi, Greuze üzerine bir tez yazmış, bu konudaki bilgisi sonsuz. Şimdi ben de Greuze ile ilgili her şeyi biliyorum: 1725'te Tournus'de doğmuş, kırık testinin, cezalandırılan oğulun, teskin edilemeyen dul kadının ve kanaryası ölmüş genç kızın resimlerini yapmış... Diderot onu çok beğeniyormuş.

Kanaryası öldüğü için ağlayan genç kız resminin sergilendiği boş sayılabilecek salondayız.

Genç kız gerçekten büyüleyici, her şeyi bilen Claire bana kızın kanaryasının adının Virginité* olduğunu söylüyor...

Salondan çıkıyoruz ve kendimizi korkunç bir kalabalığın içinde buluyoruz.

Esmer bir kadın, ince, çok güzel, İtalyan diye düşünüyorum, konuşmadığı için bunu kesin olarak bilemiyoruz, içine dönük biri gibi, biraz da çekingen belki, siyah bir elbise giymiş, düz bir elbise, hiç mücevher takmamış, makyaj da yapmamış, yapmışsa da hiç belli olmayan bir makyaj bu. Herkes ona bakıyor.

Şort giymiş iri yapılı turistlerin tacizkâr bakışlarından rahatsız oluyor, az önce içlerinden biri ona göz kırptı.

Kendilerinden geçmiş bir halde fotoğrafını çeken çok sayıda hayranı gün boyunca çevresini kuşatıyor. İçlerinden çoğu onu görmek için binlerce kilometre yol katetmiş. Bu uzun yolculuğu hak ettiğini söylemek gerek.

Geceleri ise yalnız kalıyor, karanlıkta hep, canı sıkılıyor.

Bir tek her saat başı bir bekçi elinde feneriyle önünden geçiyor kaçıp kaçmadığını kontrol etmek için.

---

* *Virginité* (Fr.): Bekâret (ç. n.)

Tam karşısındaki tabloda gördüğü komşularının yanına gitmeyi isterdi. Veronese'nin tablosundaki komşuları Kana'da yapılan düğünde eğleniyorlar, çok kalabalıklar, mutlu görünüyorlar, masanın üstünde bir kuş sütü eksik, şarap su gibi akıyor, üstelik her şeyden önemlisi İsa orada. Keyfi de yerinde, onu tanımayı çok isterdi, çevresindekilerin neşe kaynağıymış gibi duruyor, ama ne var ki Veronese tarafından bu düğüne davet edilmedi.

Kollarına kramp girdiğinde, parmakları karıncalandığında ellerini açıp gerinebileceği bir alan yok, çerçevesinin eni sadece kırk santimetre, onun ise kollarını açabilmek için bir buçuk metrelik bir alana ihtiyacı var.

Tüm bunlara rağmen o hep gülümsüyor.

Claire bunalıyor, çıkmamızı istiyor, Mona Lisa'yı sevmiyor. Onu biraz kıskanmış olabilir mi diye soruyorum kendime.

Leonardo da Vinci şöyle yazmış: "Yalnızsan tamamen kendine aitsin."

Portrelerin olduğu salondaki sandalyesinde yalnız oturuyor.

Portrelerin hiçbiri ona bakmıyor, krallar gözlerini uzağa dikmişler, papalar gökyüzüne bakıyor, askerler gözleriyle ufku tarıyor, şair yıldızlara bakıyor, David'in resmettiği Madame Récamier her an uykuya teslim olacakmış gibi duruyor, Ingres'in resmettiği Monsieur Bertin ise düşüncelere dalmış.

Müzeyi gezenler konuşkan sayılmazlar, yanından geçip ona sırtlarını dönüyorlar.

Sanki orada yokmuş gibi davranıyorlar.

Müzenin bekçisi sıkılıyor, emeklilik günlerini hayal ediyor.

Kendini avutmak için şapkasının içine gizlediği kulaklıklarıyla rock müzik dinliyor.

Onun ruhunu resimden çok müzik besliyor.

Ressam atölyesinde yalnız, şövalesinin önüne oturmuş ilhamın gelmesini bekliyor. Oysa ilham perisi çoktan izne çıkmış.

Bir türlü ne yapacağını bulamıyor.

Çevresine bakıyor.

Tabağın içinde birkaç elma çürüyor, bir buket çiçeğin yaprakları tek tek düşüyor, bir tavus kuşu tüyünden parçalar yere dökülüyor, ölü bir kuşun bedeni kuruyor.

Hiçbir şey ona ilham vermiyor.

Natürmortlardan sıkıldı artık, o kadar çok elma resmi yaptı ki... Modellerle çalışmak ise çok pahalı.

Çıplak bir kadının resmini yapmayı isterdi. Ama elinin altında bir kadın yok.

O da otoportresini yapmaya karar veriyor.

Oyalanmak ya da içinde ne olduğunu görmek için çürümeden önce kendi elmasının* resmini yapmayı istiyor.

* Fransızcada "pomme" sözcüğü hem elma hem de kişinin kendisi anlamına gelir. (ç. n.)

İnsanoğlu yalnız olmayı sevmez. Çiçeğin açmak için nasıl güneşe ihtiyacı varsa insanın da gelişmek için başka insanların sıcaklığına ihtiyacı var. Yalnızlık insana zor gelir, yalnız kalan insanın canı sıkılır.

Toplu konutların mimarlarının kesinlikle uymak zorunda olduğu bir talimat vardır: İç duvarlar çok ses geçirmez olmamalıdır. Hiçbir sesin duyulmadığı apartman dairelerinde oturanlar sık sık endişeye kapılırlar. Kendilerini çok yalnız hissederler ve bu ruh hali sağlıkları için hiç iyi olmaz. Başkalarının sesleri, fakirlerin ortam müziğidir.

Boşluğu kim daha iyi doldurur? Bir köpek mi yoksa bir erkek çocuğu mu?

Bir deney yapın.

Kanepeye oturun, televizyon tam karşınızda, oğlunuz ile köpeğiniz de iki yanınızda. Köpeğiniz ekrana bakmaz; bu dünyadaki en güzel, en zeki varlık sizmişsiniz gibi hayranlık dolu bir adanmışlıkla size bakar.

Kanepeye uzanmış oğlunuz ise size bakmaz, ekrana kilitlenmiştir.

Arada bir, öksürdüğünüzde örneğin, dönüp size yan bir bakış atar.

Gözlerinde ne görürsünüz? Hiçbir şey, sadece kocaman bir boşluk.

Kendinizi daha da yalnız hissedersiniz.

Yalnızlığı düşündüğümde gözlerimin önünde gençlik dönemimden bir hatıra canlanıyor.

Yaşlı bir kadın sokaklarda dolanıyor, elinde bir tasmanın ipi var, ipin ucunda ise hiçbir şey yok, sadece içi boş bir tasma aşağı sarkıyor.

Onunla konuşuyor, ona güzel şeyler söylüyor.

Bazen bir ağacın dibinde duruyor, sanki artık var olmayan köpeğinin çişini yapmasını bekliyor.

Yalnızlıktan delirmiş.

Aklıma Sempé'nin bir karikatürü geliyor: Savaş sonrası döneme ait bir manzara, ağaçların bazıları yakılmış, bazıları köklerinden sökülmüş, evler yıkılmış, caddelerin asfaltı çökmüş... Bu dünyanın sonu gibi görünen dekorda siyah elbise giymiş ufak tefek bir kadın, dalları kopmuş ağacın gövdesine küçük bir ilan yapıştırıyor: "Küçük Siyah Kedi Kayıptır."

Yalnızlığımı düşündüğümde aklıma küçük dişi kedim Salomé geliyor, onunla birlikte sağlam temeller üzerine küçük ve narin bir mutluluk evi inşa etmiştik.

Sevgisini çok gösteren bir kedi değildi, benim için çok iyi bir şeydi bu, çünkü ben de onun gibiydim.

Çocukların pelüş ayılarına besledikleri türden bir sevgi besliyordum ona karşı. Kimseye söylemeye cesaret edemediğim sevgi sözcüklerini ona söylüyordum, bebeğim diyordum, güzel olduğunu söylüyordum, çünkü gerçekten de dünyanın en güzeli oydu.

Gittiğinden beri artık o her yerde. Eskiden her baktığımda farklı bir yerde olurdu, şimdi ise nereye baksam onu görüyorum.

Küllerini ne yapacağımı o kadar çok düşündüm ki... En sonunda buldum.

Benim kafam onun küllerinin vazosu olacak.

Geçenlerde, kaybolmuş küçük bir dişi kedi buldum, çok estetik bir biçimde dağılmış birkaç siyah lekesi dışında bembeyaz bir kedi. Ona Art Deco adını verdim.

Yalnızlığı düşündüğümde aklıma kırmızı bir balık geliyor. Kavanozunda dönüp duruyor, yalnız ve kırmızı, o kırmızı balık.

Yanında kimse yok, televizyonda somonların yetiştirilmesi konulu bir belgesel izliyor.

İçinde binlerce balığın kımıl kımıl oynadığı kocaman su tanklarını görüyor. Onların yerinde olmayı istemezdi, o zaman hiç mahremiyeti olamazdı.

Yenilecek balıklar sınıfına girmediği için çok şanslı olduğunu düşünüyor.

Yalnız olduğu için üzülmemesi gerektiğine karar verip kendini teselli ediyor.

Noiraude bu dünyada bir tek kendisinin mutsuz olduğuna inanırdı.

Artık üzülmesine gerek yok, yalnızlığı sona erdi.

Binden fazla inek beslenen çiftliklerin sayısı gün geçtikçe artıyor.

Gökyüzünü artık göremeyecekler, ama hiçbir zaman yalnız olmayacaklar.

Artık hep birlikte mutsuz olabilecekler.

Yalnızlığı düşündüğümde aklıma bir inek geliyor. İnek olmayı her geçen gün daha fazla istiyorum.

Mutlu görünüyorlar, onlara imreniyorum, sakinler, huzur dolular, hiçbir zaman aceleleri yok, sürekli saatlerine bakmıyorlar, akıllı telefonları yok, sinirlenmiyorlar, her şeyi yavaş yapıyorlar: Yavaş yürüyorlar, yavaş yemek yiyorlar, yavaş nefes alıyorlar...

Her şeyleri benimle taban tabana zıt.

Ama bir ahırda uyumak benim hoşuma gitmezdi.

— Veterinerle görüşmek istiyordum. Merhaba doktor, diyor Noiraude telefonda.

— Merhaba Noiraude, neyiniz var yine?

— Bakın doktor, topluluk halindeki hayata artık dayanamıyorum. Sürü halinde yaşamaktan sıkıldım artık, ben bireyselliğine çok düşkün biriyim. Başkalarının varlığı beni bunaltıyor, yalnız kalmaya ihtiyacım var.

— Üzerinde dolaştığınız çayır o kadar geniş ki... Yalnız kalabilirsiniz istediğinizde.

— Ama akşamları sürü halinde geri dönmek gerekiyor, bir de geceleri hepimiz aynı yatakhanede uyumak zorundayız, yalnızca bana ait bir odamın olmasını çok isterdim...

Karşı komşum perdelerini değiştirmiş, önceki perdeler tüldü, şimdi pencerelere ağır kadife perdeler asmışlar.

Panjurlar açık olduğunda bile artık hiçbir şey göremiyorum, ışığın açık olup olmadığını bile anlayamıyorum.

Bunu özellikle yapmış olabilirler mi diye düşünüyorum.

Bu akşam birlikte dışarı çıkıyoruz, ben yakışıklı görünmek için çabaladım, Claire de bu akşam için güzelleşmeyi başarmış.

Her yer çok kalabalık, ilerlemek mümkün değil, trafik çok sıkışık, kalabalık caddelerde yürümek imkânsız.

Solitaires Caddesi'ne* çıkmak bir saatimizi aldı.

Bu kadar çok kişiyi bir arada hiç görmemiştim, ama hepsi dışarıya yalnız çıkmıştı, biz hariç.

Herkes bize bakıyordu, Claire biraz rahatsız olmuş görünüyordu, ben ise gurur duyuyordum.

Bu kadar çok sayıda insanın yalnız olabileceğini hiç düşünmemiştim.

23 Ocak 2019 tarihli bugün, dünya yalnızlık günü olmalı; dünyadaki tek yalnızın ben olmadığımı aslında bugün anladım.

Daha çok monologlardan ve tek bir enstrümanın çalındığı müzik dinletilerinden oluşan, dinleyicilerin hoş zaman geçirmesini sağlayan bir törenle bugünün kutlamaları sona erdi.

Tüm dünyada kutlanan bu yalnızlık gününe sahip çıkan Sağlık Bakanı da törene katılmıştı, siyah bir tayyör giymiş, ucunda tek bir figür olan bir kolye takmıştı.

Günün anlamını kavramış biri olarak beklendiği üzere törene yalnız gelmişti.

---

* "Solitaires": Cadde adı olarak geçen bu sözcük "yalnız yaşayanlar" anlamına gelir. (ç. n.)

Onu hiç daha önce bu kadar takdir etmemiştim, içimden sarılıp öpmek geldi.

Bir saatten fazladır Claire kafamı Mondrian ve resimleri ile ütülerken hep bu anın gelmesini bekledim. Sonunda geldi.

Duyduğum sevinci gizlemeyi pek de başaramadan halinden memnun olmayan biri gibi durmaya çalıştım.

Her şeyden öte rahatlamıştım. "Artık gitmem gerek" dedi.

Sonunda sakin, özgür halime kavuşacak, özgürlük gibi baş döndürücü olan kutsal yalnızlığın kucağına sığınacak ve en nihayetinde yine yalnız olmayı başaracaktım.

Zamanımı anlatılanları anlıyor ve onaylıyor görünmek, içimden gelmediği halde gülmek, hiç ilgimi çekmeyen konularla ilgileniyormuş gibi yapmak zorunda kalarak geçirmeyecektim artık. "İlginizi çekmeyen konularla ilgileniyormuş gibi görünmek yüreğinizi acıtır" diye yazmıştı Goncourt Kardeşler.

Gömleğimin yaka düğmesini açtım, kravatımı çözdüm, derin bir nefes aldım, özgürdüm artık.

Özgürlüğü düşündüm, her yıl torunlarımın bende kaldığı uzun tatilin bitiminde özgürlüğe yeniden kavuşuyordum.

Kapı kapandığında derin bir nefes çekerdim, rahatlamıştım. Sonunda yalnız kalabilmiştim, şimdi eve verdikleri zararların dökümünü yapabilecektim.

XVI. Louis stili koltuğun iki yanındaki dirsek koyulan bölümlerden birini kırmışlardı, müzik seti çalışmıyordu, plaklar yere saçılmıştı. Salonun perdelerinde çikolata lekeleri göze çarpıyordu, duvar kâğıtlarında da parmak izleri vardı.

Yatağın bazasından alınıp yere serildiği odada bir akıllı telefon buldum. Telefonu alıp çöpe attım.

Havuzda plastik tabaklar ve McDonald's menülerinin karton kutuları yüzüyordu. Gerekli alet edevatı koyduğumuz kulübeye girdiğimde ise çim biçme makinesinin çalışmadığını gördüm, teli kopmuştu. Aletler yere saçılmıştı, boya kutularının ağzı açık bırakılmıştı.

Korkuya kapılan kedi kaçtı, geri dönmedi hiç, o bir daha gelmedi ama torunlar yine gelecekler, Paskalya tatilinde.

Peşimi hiç bırakmayan bu kâbusu sık sık görüyorum.

Ufukta hiçbir şey görünmüyor, ıssız ve tehditkâr bir toprak parçası göz alabildiğince uzanıyor, yerde çakıl taşları var. Toprağın farklı yerlerine dağılmış kayalar, çukurlar, uzakta da kurumuş bir göl görünüyor. Ay'ın üzerindeyim.

Astronot bir arkadaşım beni oraya bırakmış, kendisi geri dönmüş, bir aletini Dünya'da unutmuş. Onu beklememi söylemiş bana, gidip gelecekmiş hızlıca.

Küçük bir tur attım. Kurumuş gölün kenarında oturdum. Kimse yok etrafta, binlerce kilometreye uzanan alanda tek bir canlı yok.

Kendimi biraz yalnız hissediyorum.

Arkadaşım birazdan gelir, gideli iki saat oldu.

Yalnız olmayı sevmiyorum, yanımda birilerinin olmasına bayılıyorum.

Arkadaşım gideli dört saat oldu...

Arkadaşım gideli on saat oldu...

Geri gelmeyecek.

Ben yalnız öleceğim.

Küçük bir teselli buluyorum, astronot kıyafetimin içinde küçücük bir örümcek ağının ucuna doğru ilerliyor.

O da yalnızlık nedeniyle acı çekiyor mu?

Öyle görünmüyor, ağının içinde zıplayıp duruyor, aklından ne geçiyor olabilir?

Yaşlarla dolmuş gözlerimle ona sevgiyle bakıyorum.

Gerçekten bu evrende bir tek biz mi varız?

Etrafımızda milyarlarca gezegen var, belki de onlardan bazılarında başka varlıklar yaşıyordur.

Gökbilimciler uzun süredir evrene mesajlar yolluyorlar.

Başlangıçta mesajlar çok kibardı: "Bize el sallayın, geçerken bir merhaba deyin, sizi görmeyi çok isteriz, sizi tanımayı da isteriz, fırsatını bulup bir kadeh içki içmeye gelin, vb..." Hâlâ yanıt bekliyorlar.

Bu uzun sessizliğin sonunda mesajların tonu değişti. Eskisi kadar sıcak bir ton yoktu artık. Bazı gökbilimciler öfkeye kapılıp hoş olmayan ifadeler kullanmaya başladılar, onların bu tavrı meslektaşlarını şoke etti. Kimse "Erkeksen dışarıya çık" mesajını unutmadı, hiç unutulmayan başka bir mesaj da Profesör Calys'e[1] aitti: "Yetti artık! Def olup gidin!"

Tüm uzaylılara bu şekilde seslenen Calys, belki de günün birinde gerçekleşecek olan iletişimi kesin bir biçimde engellemiş oldu, bizi yıldızların dünyasında sonsuz yalnızlığa mahkûm etti.

1 *Tenten'in Maceraları 10: Esrarengiz Yıldız*, Hergé.

Karşı evin panjurları hâlâ kapalı. Komşularım yine bir yere gitmişler.

Ne kadar da benciller, ölebilirim ben burada...

Nefret ediyorum onlardan.

Bu dünyadan yalnız ayrılma fikri bana her zaman hüzün vermiştir. Başkalarının yaşamaya devam edip ben olmadan eğleneceklerini düşünmeye dayanamıyorum.

Neden birlikte ölmeyelim ki? Bazı insanların birlikte doğduğu düşünüldüğünde bu soru akla geliyor.

Neden en önemli yolculuğumuza, son yolculuğumuza, o uzun yola yalnız çıkmak zorundayız?

Neden birbirlerini sevenler birlikte gitmiyorlar? Bu yolculuk çok daha fazla neşeli olurdu o zaman...

Dünyanın sonunun sanki tatile çıkılıyormuş gibi neşeli bir havada gelmesini hayal ediyorum.

Neden aynı trene, aynı uçağa, aynı gemiye binmeyelim ki?

Gemi yazar yazmaz aklıma *Titanik* geliyor.

Ancak gidiş tarihini belirlemek kolay olmaz.

Sylvie bu dünyadan ayrıldığında bana da onunla gitmemi teklif etselerdi aynı trene binmeyi kabul eder miydim acaba?

Arras'taki tren istasyonundayım.

Paris trenini bekliyorum, eğitimime orada devam ediyorum, Sinematografik Araştırmalar Enstitüsü'nün giriş sınavlarına hazırlanıyorum.

Kuzeyden buz gibi bir rüzgâr esiyor. Hava çok soğuk.

İstasyonda kimse yok, çok üşüdüğü her halinden belli olan, donmamak için ayaklarını platformun zeminine vurup duran, nefes aldıkça ağzından beyaz duman çıkan bir SNCF görevlisi dışında.

Beklemek çok zor geliyor. Gittikçe daha da fazla endişeleniyorum. Trenin kaçta geleceğini bilmek istiyorum.

Görevliye soruyorum. Trenin saatinden önce ya da sonra geleceğine dair bilgisi var mı?

Görevli beni sakinleştiriyor: "Ne önce ne sonra, tam saatinde gelecek."

Zamanım geldi artık...

Olabilecek en kötü şeyin başıma gelmesini bekliyorum.

İdam mahkûmunun yaşadığı yalnızlığı düşünüyorum.

Görevli açıklamasına bir ekleme yapıyor: "Platformda durduğunuz bu noktada treni kaçırmanıza imkân yok."

Aşağı inip kendimi raylara bağladım.

Lille'den Paris'e giden tren Lille-Flandre istasyonundan 9:30'da kalkmış, saatte 130 km hızla yol alıyor, Arras ile Paris arası 60 km. Bu bilgiler ışığında her şey yolunda giderse saat tam 10:48'i 36 saniye geçe Paris-Lille treni tarafından paramparça edilmiş olacağım.

Paris'te mesleki açıdan kendime bir yer edinmeyi başardıktan sonra yalnız kalma hayalleri kurmaya başladım.

Çevremi saran o sonsuzluğa uzanan içi boş kalabalıkların ortasında yalnız olmayı isterdim. Başkalarından rahatsız oluyorum.

Biri bana yaklaşınca hemen uzaklaşıyorum.

Kendimi insanlardan soyutlamak için büyük bir delik kazmaya karar verdim.

Saatlerdir toprağı kazıyorum, ter içinde kaldım. Kazmamın sesi sessizliği belli aralıklarla bölüyor.

Deliğin derinliği bir metreye ulaştı, kazmaya devam ediyorum.

Derinlik şimdi iki metre oldu. Artık kimse beni görmüyor. Boyum 1.80 metre. Kazmayı bırakıyorum. Deliğin dibindeyim.

Oradan çıkmak istiyorum.

Bunu tek başıma yapamam, yardıma ihtiyacım var.

Önce alçak bir sesle yukarıya bağırıyorum: "Pardon, kimse var mı acaba?" Sonra yavaş yavaş yükseliyor sesim. "Pardon" demiyorum artık, en yüksek sesimle haykırıyorum: "Pis serseriler, beni burada bir başıma bıraktınız... Yapayalnız öleceğim burada."

Sylvie ile birlikte, evimize yakın olan Père-Lachaise Mezarlığı'na sık sık dolaşmaya giderdik.

Kendimize yer bakıyorduk. Ebedi uykumuza yatacağımız sakin bir köşe bulmaya çalışıyorduk.

O sakin köşesini haritada bile gösterilmeyen bir yerde buldu.

Yakınlarda tek bir ev bile yok, uzaklara bakınca da görünen bir ev yok.

İlk yaptığı şey burayı izole etmek oldu.

Dış dünyanın sesini duymayı istemiyordu.

Pencerelere duvar ördü.

Dış dünyayı görmek istemiyordu.

Kapıya bir levha çaktı: .... BURADA YATIYOR.

Huzurlu bir şekilde ebedi uykusuna yatabilmek için.

Yazın en sıcak günlerinde yalnızlığım azalıyor, beni arayanlar oluyor.

Bu sabah telefonum çaldı, belediyeden arayan kişi yeterince su içip içmediğimi sordu ve kendime iyi bakmamı söyledi.

"Bakım" sözcüğünü sevmiyorum. Aklıma yoğun bakım, palyatif bakım geliyor.

Sanki hemen yarın ölecekmişim gibi...

Claire aradı ve dün gece saat sabaha karşı üçte France Culture'de yayımlanan kuantum fiziğiyle ilgili o harika programı dinleyip dinlemediğimi sordu.

Telefonu beni korkutan bir ifadeyle kapattı: "Kendinize dikkat edin!"

Bakalorya sınavını geçtikten sonra oyuncu olmayı istiyordum.

Paris'e gitmeden önce Arras'taki konservatuarın Dramatik Sanatlar Bölümü'ne kaydolmuştum, orada Monsieur Platel adındaki drama sanatları hocası beni karşılamıştı. Benden bir metin okumamı istemişti. *İnsandan Kaçan* oyunundan Alceste'in bir repliğini seçmiştim. O replik hâlâ aklımda: "Dünya üzerinde sapa bir yer arıyorum, yeter ki tüm insanlardan kaçmak isteğime, yaşamaya ant içtiğim çölde bana yardım etmeye, vakit geçirmeden arkamdan gelmeye..."*

---

* Bkz. Molière, *İnsandan Kaçan*, çev. Bedrettin Tuncel, İş Bankası Kültür Yayınları, 4. Baskı, 2019, s. 80-81. (ç. n.)

Yalnızlık üzerine yaptığım soruşturma için bir münzeviyle tanışmayı istiyordum. Çölde onlardan birine rastlarım diye düşündüm, günlerce yürüdüm, gecelerce yürüdüm.

Sonunda çok uzak bir noktada aradığım münzeviyi gördüm.

O da beni görmüştü ki ellerini kaldırıp beni çağırıyormuş gibi bir işaret yaptı, yanına gelmemi söylemek istiyordu herhalde. Ona doğru çok uzun bir süre boyunca yürüdüm, yürüdüm...

En sonunda ona ulaştım, karşısında durdum, birden ağzıma çok sert bir yumruk yapıştırdı. Hemen oracıkta bayıldım.

Demek o gerçekten yalnız olmayı istiyormuş.

Saint-Joseph'teyken Wisques Benedikten rahiplerinin yanında bir süre inzivaya çekildim. O dönemde keşişlerin hayatı çok ilgimi çekiyordu, manastır binalarının mimarisinin harika olduğunu düşünüyordum, manastırlara hayrandım, daha sonraları manastırların cennetin küçük modelleri olduğunu öğrenmiştim. Gregoryen ilahileri seviyordum, keşişlere hayranlık besliyor, onlara imreniyordum. Onların sakin hayatını düşlüyordum, kendinden hiçbir zaman memnun olmayan, gergin ve sinirli bir insan olarak onların o büyüleyici dinginliğini ve yalnızlıktan aldıkları zevki tatmak için her şeyimi verebilirdim.

Altmış yıl sonra bile hâlâ ümitsizce bunlara ulaşmaya çalışıyorum.

Fırtınalardan, kasırgalardan, mutluluk ile mutsuzluğun deli gibi bir hızla birbirini izlediği yorucu hayatımdan bıktım artık.

Ne gam! Cennetindeymiş, ya da cehenneminde!* Ben hep yeni bir şeyler istiyorum...

Şimdi ile yetinmeyi bilmiyorum...

Terlediğimde üşümek istiyorum.

Üşüdüğümde terlemek istiyorum.

Yalnız kaldığımda biriyle birlikte olmak istiyorum.

Biriyle birlikte olduğumda yalnız kalmak istiyorum.

Solesmes'e geçenlerde tekrar gittim. Keşişleri inceledim, kapüşonlarının altında neler yaşıyorlar?

Reiser'in bir karikatürü: Bir manastır, içeride kapüşonlarını kafalarına geçirmiş keşiş topluluğu birbiri ardı sıra yürüyor, en sondaki keşişin kapüşonundan fırlamış bir konuşma balonu: "Canım sıkılıyor."

Keşiş kapüşonunun içinde yalnız, kendi kendine konşuyor, tıpkı telefon kulübesindeymiş gibi.

---

* Charles Baudelaire, *Kötülük Çiçekleri*, çev. Erdoğan Alkan, Varlık Yayınları, 1999, (ç. n.)

Peki kiminle konuşuyor?

Kuşkusuz ki Tanrı ile konuşuyor. Her şeyi Tanrı'nın bildiğinden emin, bu nedenle Tanrı'ya sorular soruyor.

Öğle yemeğinde kızarmış patates olacak mı?

Bunu bir tek Tanrı biliyor...

Başlarda salonda otuz kişi civarındaydık, ben tesadüf eseri gelmiştim, Claire beni süreklemişti. Konferansın konusu şuydu: Fenomenolojik Ontoloji Denemesi...

Önce anlamaya çalıştım, kısa bir süre sonra ise çabalamayı bıraktım, konferans Fransızcaydı, ama kullanılan sözcüklerin hiçbirinin anlamını bilmiyordum, görünüşe göre salondakilerin büyük bir kısmı da söylenenleri anlamıyordu, bir tek kendini kaptırdığı her halinden belli olan Claire dışında.

Dinleyicilerden bazıları öksürüyor, sandalyesinde kıpırdanıyordu, en sonunda içlerinden en cesur olanı ayağa kalkıp salondan çıktı, hemen onun ardından biri daha kapıya yöneldi, sonra üçüncü kişi de ayağa kalktı.

Konuşmacı bu olanlardan endişelenmiş görünmüyordu, istifini bozmadan konuşmasına devam ediyordu, dinleyiciler tarafından anlaşılmayı istemiyordu ve bunu çok iyi başarıyordu.

En sonunda salonda sadece Claire ile ben kaldık. Ayağa kalkıp Claire'i dışarı sürükledim.

Konuşmacı karmaşık sözcükleriyle tek başına konuşmaya devam ediyordu, duyduğum son sözcükler hâlâ aklımda: Bu hem assertorik hem de aporetiktir.

Bir televizyon programının yönetmen yardımcısı olarak çalışıyordum. Programın son halinden ben sorumluydum; yayının düzgün bir şekilde yapılmasını sağlamak, vericiyi kontrol etmek, telefon eden izleyicilere cevap vermek benim işimdi.

Sunucu kadın stüdyoda yalnız, içinde glayöl olan vazosunun yanında, kameranın önünde. Süslenmiş, güzel bir pembe bluz giymiş, ama bu bluzun rengini kimse göremeyecek, renkli televizyon henüz icat edilmedi. Akşam programını siyah beyaz bir fonda sunuyor.

Bu son sunuşu olacak.

Yarın burada olmayacak. Emekli edildiğini bildiren bir mektup aldı.

Yüreği yanıyor, bu akşam onun ışıkların altında olacağı son akşam, insanların ona bakacağı, sesine kulak vereceği son akşam....

Veda etmeden önce kameranın karşısında olduğu bu son akşamdan yararlanmak istedi.

Nasıl biri olduğunu anlatmak istedi; herkes onu büst-kadın olarak tanırken o artık bacaklarını göstermek, kalbini açmak, aşklarını açıklamak, hayatını, hayal kırıklıklarını anlatmak, aslında oyuncu olmak istediğini itiraf etmek istedi.

Yarından itibaren onu kimse görmeyecekti, artık hep karanlıkta kalacaktı.

Gecenin geç bir vaktine kadar, kapatılmış bir kameranın önünde, yarı karanlıkta, koyu bir yalnızlığın içinde konuşmaya devam etti.

Gece bekçisine onu rahatsız etmemesini söylemiştik.

YALNIZ sıfatının çoğul haline kafam bir türlü ermiyor. "Çoğulun insana hiçbir faydası yok, dörtten fazla olunca bir avuç aptalız işte" diyordu şarkısında Brassens. İnsan çoğul haldeyken genelde kaba ve fütursuz oluyor. Tekil haldeyken daha kibar ve daha az gürültücü oluyor. Bu sıfatın çoğul halini sevmesem de dişil halini seviyorum, kadın sözcüğünden önce kullanılmak ona çok yakışıyor.

Yalnız kadınlar büyüleyicidir. Onların bakışlarına yerleşen hüzne hayranım. İnsan gerçekten onların yalnızlığının bir an önce sona ermesini ister.

Onların yanındayken daha az yalnız olmayı ümit edebiliriz.

Bahçemde yaz sıcağında kızıllaşmış gül ağacının üstünde pembe bir nokta.

Son gül, olağanüstü güzel, hemen fark ediliyor, hüzünlü ve güzel, tıpkı yalnız bir kadın gibi.

Kısa bir süre sonra onu kesecekler, yalnız günleri bir tomurcuk vazosunda son bulacak.

Komşularım yine gittiler, bıktım artık, ben de panjurlarımı kapatacağım.

Bunu beni merak etsinler diye yapacağım.

Öldüğümü düşünsünler diye.

Ama beni umursayacaklarını hiç sanmıyorum.

Televizyona aile içi tartışmalarla ilgili bir belgesel çekmiştim, bununla ilgili hüzünlü bir mektup aldım. Bir kadın eşiyle olan ilişkisini yazmış. Yirmi yıldır evlilermiş, düzenli olarak kavga ederlermiş, ama bir süredir hiç kavga etmez olmuşlar. İşte o zaman kadın aralarındaki ilişkinin kesin olarak bittiğini anlamış.

Restorana 13:00'da geldiler. Kadın süslenmişti. Benim yanımdaki masaya oturdular.

13:15'te kadın şöyle dedi: Şarap alabilir miyim?

13:25'te adam şöyle dedi: Tuzu uzatır mısın lütfen?

13:40'ta kadın adama tabağındaki böbrek yahnisinin lezzetli olup olmadığını sordu: Fena değil.

13:45'te adam şöyle dedi: Ekmek verebilir misin lütfen?

Adam sık sık bana bakıyor, ben çok sakinim, gazetemi okuyarak öğle yemeğimi yiyorum.

Acaba benim yerimde olmayı mı tercih ederdi?

13:55'te kadın şöyle dedi: Tatlı istiyor musun?

Adam şöyle cevap verdi: Hayır, teşekkür ederim.

14:10'da kahve içtikten sonra restorandan çıktılar.

Otuz yıldır evliler.

Artık birbirlerine anlatacak hiçbir şeyleri yok.

Yalnızlık insanın başına gelecek en kötü şey mi yoksa en iyi şey mi?

Bu sorunun yanıtı, yanında olanın kim olduğuna bağlı.

Bazen insanın yanında kimsenin olmaması daha iyi oluyor... Yarım şişe şarabımı halimden hoşnut bir halde bitirdim.

Metroda karşımda oturuyorlar.

Sıradan bir çift, otuzlu yaşlardalar, eşofman giymişler, şişmanlar. Kulaklıklarını takmışlar, gözlerinde boş bir bakış var. Güzel bir çift oldukları söylenemez.

Kadın adamda ne bulmuş?

O yanında olunca kendini daha az yalnız hissediyor.

Adam kadında ne bulmuş?

O yanında olunca kendini daha az yalnız hissediyor.

Bilgisayara gözlerini dikmiş birlikte film izliyorlar.

Antoine de Saint-Exupéry şöyle yazmıştı: "Sevmek birbirine bakmak değil, birlikte aynı yöne bakmaktır."

Demek bu çift birbirini seviyor...

Komşularımı Cumartesi akşamı yemeğe davet edeceğim, böylece hafta sonu bir yere gidemeyecekler.

En sonunda yemek daveti alan ben oldum, karşı komşularım birkaç çiftten oluşan arkadaş grubuyla beni akşam yemeğine davet etti, oldukça kalabalığız, masanın etrafında on dört kişi oturmuş yemek yiyoruz. Yalnız olan tek kişi benim.

Arkadaşları hoş insanlar, arada ilginç konulardan söz ettikleri oluyor, birkaç kadın gerçekten alımlı, hepsi görgülü ve kibar, hepsi birbirini tanıyor.

Masanın ilgi odağı olduğum söylenebilir, kimsenin önceden tanımadığı, aralarına yeni katılan kişiyim ben.

Beni neden davet ettiler?

Tek yalnız ben olduğum için mi?

Merak uyandıran, ilgi çeken tek özelliğim yalnızlığım mı olacaktı?

Benim yanlarında olmamdan memnunlar, masada bir varlık gösteriyorum, onlara iyi bir eylemde bulunma fırsatı veriyorum, zavallı, bakın kimsesi yok, çok yalnız... Ama zavallı olan kişi aslında bunların hiçbirini istemiyor, yapayalnız olmayı tercih ediyor. İnsanların kendisine acımasını istemiyor, yalnız adam onlardan ne iyilik ne de merhamet bekliyor.

Canım sıkılıyor biraz, şaraplar çok güzel, onlara hak ettikleri saygıyı gösteriyorum.

Aniden zihnimde bir ışık çakıyor. Neden burada olduğumu anlıyorum.

Beni davet etmeselerdi sofrada on üç kişi olacaklardı.

Gençken hafta sonu demek sarı bir sigara demekti, etraf sarı Virginia tütünü kokardı buram buram, şimdiyse yalnızlık kokuyor.

Pazar günü insana neden haftanın diğer günlerinden daha uzun geliyor?

Saatin ibresi daha yavaş ilerliyor.

Belki de sarkaçlı duvar saatleri pazar günleri dinleniyor.

Özellikle de Arras'taki Saint-Joseph Okulu'nun etüt salonundaki saat Pazar günleri çok yavaş ilerlerdi, hafta boyunca yaptığım yaramazlıklar yüzünden her pazar orada cezaya kalırdım.

Uslu öğrenciler olan sınıf arkadaşlarım kırlarda eğlenirken ben defter satırlarını doldururdum, satırların uzunluğu metreleri, dekametreleri, hektometreleri bulurdu, ta ki kilometreye ulaşıncaya dek... hep aynı cümleyi –fiili tüm kiplerde ve zamanlarda çekerek– yazmak zorundaydım: "Derslerde arkadaşlarımı güldürmekten vazgeçmeliyim. Derslerde arkadaşlarımı güldürmekten vazgeçmeliyim. Derslerde arkadaşlarımı güldürmekten vazgeçmeliyim. Derslerde..."

Damia şarkı söylüyor kafamın içinde, intiharlara neden olmuş o şarkısını...

"Kasvetli Pazar... kollarım çiçeklerle dolu
Odamıza girdim yorgun düşmüş kalbimle
Gelmeyeceğini biliyordum çünkü
Sevgi ve acıyla dolu şarkılar mırıldandım.
Tek başımaydım ve ağladım sessizce
Fırtınanın uğultuları kulaklarımda çınlarken...
Kasvetli Pazar
Biliyorum çok acı çektiğim bir pazar günü öleceğim
İşte sen o zaman geleceksin, bense çoktan gitmiş olacağım..."

Kasvetli bir pazar günü, yalnızım. Kasvetli bir pazar günü, sıkılıyorum, televizyon bozuk, karton kutudaki roze şarap bitmiş ve içimdeki kurt da yalnız*.

İnsan görmek istiyorum, dışarı çıkıyorum.

Canım kahve istiyor, üstünde şekersiz espresso yazan düğmeye basıyorum, makineye bozuk para atıyorum, kahvenin küçük karton bardağa akışını izliyorum, kahvemi içiyorum, gitmeden önce Bayan Kahve Makinesi'ne teşekkür ediyor, hoşça kalın diyorum.

Para çekiyorum, evet tutar doğru diyorum, bankamatiğe iyi günler diliyorum, o benim için hiçbir şey dilemiyor.

Benzincideki otomatik pompadan benzin alıyorum, üstünde süper yazan düğmeye basıyorum. Kartla ödüyorum. Bahşiş bırakmıyorum.

Her yer ve her şey kapalı; kapılar, panjurlar, suratlar hep kapalı.

Ben de insanın yanında birinin olmasının verdiği o duyguya elveda diyerek kendimi kanala atıyorum.

---

* "le ver solitaire" Fransızcada bağırsak kurdu anlamına gelmektedir, yazar burada "solitaire" sözcüğünün "yalnız" anlamına gönderme yapıyor. (ç. n.)

İlerleme, her şeyin daha kötüsüne ve yalnızlığa doğru yapılan bir hamle mi?

France 3 kanalının Nord Picardie'deki stüdyosundayım, içerisi bomboş, bir kameranın önündeyim, ama kameraman ortada yok. Duvara asılmış kameraya gülümseyip kitabımı anlatmak zorundayım, kendimi gözetleme kameralarından birinin önündeymiş gibi hissediyorum, şu hırsızların görüntülerini kaydetmek için tavana asılan kameralardan söz ediyorum. Kötü bir şey yapmadım ben, sadece bir kitap yazdım.

Hızlı trenin kondüktörü kendi kabininde yalnız. Yol ona şimdi daha uzun geliyor, aslında tren eskiye göre çok daha hızlı gidiyor. Kabinde iki kişiyken yol sanki şimdikinin yarısı kadar sürüyordu.

Kısa bir zaman sonra şoförü olmayan taksilerde tek başımıza oturacağız.

Dertlerimizi kime anlatacağız?

Akıllı telefonumuza mı?

İki kişilik bisiklet miras kaldı bana.

Şimdi bodrumda paslanıyor.

Kır evimde misafir odaları var, ama o odalarda yatacak arkadaşım yok artık.

Karşı evin panjurları yine kapanmış.

Evde olduklarını düşünüyorum, sırf ben merak edeyim diye panjurlarını kapıyorlar.

Sadist bunlar.

Yalnızlığın ağırlığı ne kadardır?

Tahmin etmek zor.

Suyun özgül ağırlığı 1.

Altının özgül ağırlığı 19,6.

Üstünde altın olan insan onun ağırlığını hisseder, ama fazla miktarda altını olan kişinin bu konuda yardımcı olmaya hevesli çok sayıda arkadaşı da olur.

Yalnızlık ise daha da ağırdır, üstelik insan bu yükü tek başına taşımak zorundadır.

Kütüphanede kendimizi yalnız hissetmeyiz.

Başkaları bizim için yazı yazdığı zaman, cebimizde yüzlerce kitap varken yalnız değiliz: Pascal'ın düşünceleri, Pierre Dac'ın düşünceleri, Montaigne'in denemeleri, Molière'in oyunları, Ionesco'nun oyunları, Dürer'in resimleri, Reiser'in resimleri.

Bir de Tenten çizgi roman serisinin tüm kitapları.

Müzik dinlemeye ayrılmış bir odada kendimizi yalnız hissetmeyiz: JS Bach'ın tüm eserleri, Haydn'ın yüz üç senfonisi, Mozart'ın kırk bir senfonisi, Schubert'in yüzlerce şarkısı...

Yalnız kaldığımda Schubert'in yakarmayı andıran ilahi seslerle bezeli piyanolu üçlülerini dinliyorum ve yalnız olduğum için artık üzülmüyorum; yaşadığım hüzün ve yalnızlık eskisi kadar yoğun değil, artık tek ağlayan ben değilim, tutkulu bir zevke kapılıp yanaklarımdan aşağı ılık yaşların dökülmesine izin veriyorum.

Güzel müziklerin hepsini dinlemek için hayat çok kısa... Brassens'in, Gainsbourg'un, Trenet'nin şarkıları varken yalnız değiliz, çünkü "Günaydın, günaydın kırlangıçlar, neşe var, her yerde neşe var."*

Sonra geceleri dinlediğim radyom, kulağıma fısıldayan radyom, uykuya akıllı biri olarak dalmama yardımcı olan France Culture kanalı.

Sanatçılardan sürekli ve sonsuza dek yararlanabiliriz, onlar eserlerini bize altın bir tepside sunarlar, hem de haftanın 7 günü, günün 24 saati... Arayınca bir türlü bulamadığımız su tesisatçıları gibi değiller.

Küçücük bir bota binip kendi isteğiyle yanına pek bir şey almadan denize açılan Bombard, okyanusun dev dalgalarına kapıldığında Bach'ın çello süitlerinin partisyonlarını okuyordu.

* Charles Trenet'nin "Y'a d'la joie" adlı şarkısının sözleri (ç. n.).

Lübnan'da esir düşen Jean-Paul Kaufman hapishanede Médoc şaraplarının sınıflandırıldığı tabloyu ezberliyordu.

Michelangelo Sistina Şapeli'nin tavanını boyuyordu.

Rainer Maria Rilke genç bir şaire mektup yazıyordu:

"Diyelim bir tutukevindesiniz de duvarlar dış dünyanın seslerinden hiçbirini içeri koyvermiyor, duygularınız tarafından algılanmasını önlüyor bunların. Böyle bir durumda bile çocukluğunuz, bu harikulade, bu krallara yaraşır zenginlik, bu anımsamaların hazinesi hâlâ sizin içinizde değil midir? Dikkatinizi bu hazineye yöneltiniz. Bu uzak geçmişe gömülmüş heyecanları çekip çıkarınız gün ışığına; böylelikle kişiliğiniz sağlamlaşacak, yalnızlığınız açılıp yayılarak loş bir eve dönüşecek ve başkalarının gürültüsü bu evin uzağından geçip gidecektir..."*

Müzisyen, yazar ya da ressam değilseniz yalnız geçirdiğiniz zamanı renklendirmek için paranızı sayabilirsiniz.

Meteliksizseniz saç tellerinizi sayın...

Kırlarda hiç yalnız olmayız, hep bir gürültü olur, alçak sesle bir hayvan bağırır, bir kuş öter ve bu sesler sizi rahatlatır. Yazın kuşlar şarkı söyler, arılar vızıldar ve çiçekler çok güzel kokar, bütün bunlardan yararlanmalıyız.

Kısa bir süre sonra köy boşalacak ve her yeri sessizlik kaplayacak. Sinekler ortadan yok olur, kuşlar artık yiyecek bir şey bulamazlar. Geceleri, şehir ışıklarının kör ettiği gece kuşları bir bir aramızdan ayrılır, soyları tükenmeye yüz tutmuştur.

Kuşlar yok oluyorsa eğer, ben de bu dünyada kalmayı istemiyorum. Ben de onlar gibi hızlıca kanat çırparak bu dünyadan uzaklaşmayı planlıyorum.

---

* Bkz. Rainer Maria Rilke, *Genç Şaire Mektuplar*, çev. Kâmuran Şipal, Düşün Yayınevi, 1983, s. 45-48. (ç. n.)

Ben uçan bir şeyim, rüzgârın sürüklediği bir kâğıt parçasıyım, tuhaf bir kuşum. "Biraz hiç geçmeyen yükseklik korkusuyla yere yapışmış gülünç bir balıkçıl, biraz da bulutların altında topallayan Baudelaire'in albatroslarından biri."[1]

Güzel giysilerimi giydiğimde tavus kuşuyum; nadiren kartal oluyorum, çünkü yükseklik korkum var; çok sık gülünç bir balıkçıl oluyorum, çünkü saçlarımı hiç düzgün tarayamıyorum, saçımın bir yeri dik, bir tutam saçım öteki saçlarımın yönünde gitmeyi reddediyor.

Yabani bir kuşum, beni okşamak zordur, kendi kafasına göre yaşayan bir kuşum, canım nereye isterse oraya gidiyor, içimden ne yapmak geliyorsa onu yapıyorum.

Başkalarının varlığından rahatsız olan bir kuşum, beni evcilleştirmek zordur, başkalarından korkan ama "Tüylerin en kadar güzel!" cümlesini duyabilmek için yine de başkalarına ihtiyacı olan bir kuşum, yalnız kalamamaktan korktuğu kadar yalnız kalmaktan da korkan bir kuşum.

Yalnızlık, özgürlük için ödenen bedeldir.

Sadık biri değilim, özgürlüğümü kaybetmeyi istemiyorum. Kafeslerden korkuyorum. Yalnız olmak, özgür olmak demektir.

Kuyruğuna tuz serpilse* de yakalanması zor bir kuşum.

Fakültede benden hoşlandığını düşündüğüm bir hoca dersine girmemi istemişti, bana sınıfa kadar eşlik etmişti. Birlikte yürürken birden elimi tuttu, demirden yapılmış hissi veren, buz gibi soğuk bir el elime yapışıverdi. O an çığlık atmak, kendimi kurtarmak, kaçmak istedim.

Tuzağa düşmüş bir kuştum.

---

1 Pierre Desproges.

* Charles Perrault'nun masalındaki şarkıda kahraman kuşu yakalamak için kuyruğuna tuz serper. (ç. n.)

Yalan makinesinin önünde yalnızım. Makine kulakları sağır eden bir sesle ötmeye başladı.

Şöyle demiştim:

"Yalnız olmayı seviyorum."

Makineyi durduramıyorum.

Şimdi herkes yalancı olduğumu öğrenecek.

Karşı evin panjurları hâlâ kapalı, oysa öğlen oldu bile. Pislikler, bu yaptıklarının hesabını verecekler!

31 Aralık günü Paris'in seçkin bir semtindeyiz.

Küçük bir kasap-şarküteri.

İçeride müşteri olarak yaşlı bir kadın var, alçakgönüllü görünüyor, akılda kalmayan, silik bir tip, kasap ise çok neşeli.

Kadın ince kesilmiş bir dilim jambon istiyor. "Yüz gram olsun" diyor. Kasap eti kesiyor, tartıyor: "Yüz yirmi gram, kalsın mı, fazlasını alayım mı?"

"Kalsın" diyor. Kasap yanıt veriyor:

"Özel bir gün bugün zaten!"

Kadın parayı ödüyor, kasap güzel bir yılbaşı yemeği geçirmesini diliyor.

"Sakin bir yemek olacak" diyor.

Noel'de yalnızım, yılbaşında yalnızım, Paskalya'da ve Pentikost'ta* yalnızım...

Ben hep yalnızım.

Neden insanlar beni evlerine hiç davet etmiyorlar?

Bu soruyu kendime sormaktan kaçınıyorum.

---

* Paskalya'dan yedi hafta sonra kutlanan Hıristiyan bayramı. (ç. n.)

Karşı komşumun evini kocaman bir çadır beziyle kaplamışlar, sanki Christo giydirmiş evi.*

Dış cephesi tadilatta.

Pencerelerini göremiyorum artık, içerideler mi bilemiyorum...

* Christo: Binaları, parkları, doğal alanları giydirmesiyle tanınan sanatçı. (ç. n.)

Annem ormandaki kocaman bir ağacın önünde hazır ol komutu almış bir asker gibi dikiliyor. Etrafında kimse yok. Fotoğrafın ortasında dimdik duruyor, bir eli belinde, öteki aşağı sarkıyor.

Tuhaf bir fotoğraf, kim çekmiş bilmiyorum.

Tıpkı bir tabloya isim verir gibi bu fotoğrafa bir isim bulmamız gerekse şöyle derdik: *Ormandaki Yalnız Kadın.*

Fotoğrafa baktığımızda ormandan çok yalnızlığı görüp hissediyoruz.

Annemi düşünüyorum, yalnız geçirdiği o uzun yılları...

Bitmek bilmeyen kış gecelerini.

Fırtınalı gençlik döneminde insan böyle bir şeyin var olabileceğini düşünmüyor bile. Yaş ilerledikçe bunun ne demek olduğunu anlıyoruz.

Şimdi ben yalnızlık sözcüğünün ne anlama geldiğini biliyorum.

Kedime her geçen gün daha fazla ihtiyaç duyuyorum.

Annem hayatının büyük bir kısmını yalnız geçirdi. Önce yaşlı anne babasıyla yaşarken yalnızdı, sonra evlendi, yine yalnız kaldı.

İnsanların içki içen doktorun karısına düşmanca davrandığı o şehirde yalnızdı.

Pazar günleri futbol maçları üzerine yorum programları yayınlayan radyonun önünde horlayan kocasının yanında yalnızdı.

Evde akşamları geç gelen kocasını beklerken yalnızdı,

geceleri sarhoşların derin uykusuna dalmış kocasının yanındayken yalnızdı.

Oğulları evden ayrılırken yalnızdı,

annesi öldüğünde yalnızdı,

kızı evlendiğinde yalnızdı.

Büyük evinden çıkıp modern, küçük bir apartman dairesine taşındığında yalnızdı.

Sessizliği seven biriydi, ama gün geldi üst kattaki çocukların gürültüsünden hoşlanır oldu.

Sağır oldum, insanların söylediklerini duyamıyorum.

Audica'da kulaklarıma işitme cihazı taktılar.

Hâlâ duymuyorum.

Normal aslında bu durum, çünkü bana bir şey söyleyen yok.

Kışın daha da yalnız oluruz.

Yazın ben kendimi hiç yalnız hissetmem.

Onun sayesinde.

O hep yanımdadır.

Kimseye görünmeden bana hep eşlik eder.

Yanımdan hiç ayrılmaz.

Yürürken yanımdadır, koşarken yanımdadır, ben durunca o da durur.

Bir kötü özelliği var ne yazık ki,

Gölgem konuşamıyor.

Sokakta pek kalabalık yok, birkaç kişiyle karşılaşıyorum, yanımdan aceleyle geçip giderken "Telefonlaşırız" diyorlar.

Benimle sohbet etmek istediklerine inanmamı istiyorlar. Gerçekte ise yapacak çok daha iyi şeyleri var başka yerlerde.

Hiç aramıyorlar. Beni unuttular.

Tüm mağazaların kapalı olduğu tatil günlerinden ve tatil günleriyle köprü kurup birleşen uzun hafta sonlarından nefret ediyorum.

O köprülerden kendimi atmak istiyorum.

Mahallemdeki evlerin hepsinin panjurları kapalı. Herkes tatile gitti.

Umarım gittikleri yerde hava birden bozar ya da çekilmez bir sıcak bastırır.

Başka yerlere gidip beni burada yalnız bırakan insanlardan nefret ediyorum.

Onlar tarafından terk edilmiş gibi hissediyorum kendimi.

İnsanların yeryüzündeki varlık nedeninin bana eşlik etmek olduğunu düşünüyorum.

Öfkeden kudurmuş bencilliğimin tuzağına düşersem yazlık evlerine gidenlerin kötü sürprizlerle karşılaşmalarını dileyeceğim:

Banyoyu su bassın, taşıyıcı görevi olan duvarlardan birinde derin bir çatlak peyda olsun, çatıda bir delik açılsın, mutfağı fareler işgal etsin, foseptik taşıp etrafı pis bir koku sarsın, kavgacı yabandomuzları çimenlik alanda birbirine girsin, havuzun dibinde bir at cesedi yatsın, vb.

İşin aslı onlara çabucak şehirdeki evlerine dönme isteği verecek her şey bu listede yer alabilir.

Geldiklerinde onları samimi bir sevgiyle karşılayacağıma söz veriyorum.

Utanıyorum bu halimden, mantıklı düşünmeye çalışıyorum, ama bunu bir türlü beceremiyorum; yalnız kalmaktan, terk edilmekten paniğe kapılacak kadar çok korkuyorum.

Hareket eden bir tren, kalkan bir uçak, limandan ayrılan bir gemi, önce elimizde salladığımız, sonra hıçkırıklarımızı bastırdığımız mendiller... Hep hissedilen o derin acı, sanki bir yerden, insanlardan zorla koparılıyormuş gibi.

Tanıdığım biri yolculuğa çıktığında hep onu kaybetmekten korkarım, geri gelmeyebilir diye endişe duyarım.

Aradan elli yıl geçti, ama Venedik'teki o küçük kızın içimi parçalayan çığlıkları hâlâ kulağımda, Rialto Köprüsü'ndeki kalabalığın içinde anne babasını kaybetmişti.

Çocuklar hep en kötüyü düşünür, diye yazmıştı Cocteau.

On yaşındaydım, annem geç kalmıştı ve ben Tanrı'ya annem geri gelirse rahip olacağıma söz vermiştim.

Annem geldi, ben rahip olmadım.

İsa'yı düşünüyorum, yüzündeki o hazin ifadeyi: "Baba, beni neden terk ettin?"

Yalnız kalmak, terk edilmek, unutulmak... Bunların hangisinden daha çok korkuyorum?

Belki de unutulmak en kötüsü.

Yalnız kaldığımda bir yerlerde birinin beni düşündüğünü hayal edebilirim hep.

Terk edildiğimde özlendiğimi, o kişinin yaptığından pişman olduğunu hayal edebilirim.

Unutulduğumda ise hayal edecek hiçbir şey bulamam.

Sanki bu dünyada hiç var olmamışım gibi...

En kötüsü de beni unutan kişiye öfkelenmem söz konusu bile olamaz, çünkü o bunu bilerek yapmamıştır ki.

— Fournier'den haber var mı?

— Yok.

— Adı pek duyulmaz oldu.

— Ölmüş olmasın.

— Haberimiz olurdu.

— Emin değilim.

Gerçekle yüzleşmem gerekiyor.

Artık şunu kabul etme zamanım geldi: Ben unutulmaz değilim.

Bundan yetmiş yıl önce bir mağazada unutuldum.

Üzerinde kırmızı bir kazak olan, saçları kısacık kesilmiş küçük bir oğlan, mağazada kasanın yanında annesini bekliyor.

O günden altmış yıl sonra bu sefer annem beni değil, ben annemi kaybettim.

Aniden öldü, acı çekmedi, 82 yaşındaydı, bu dünyada artık yetim kalmıştım.

Onun ardından güzel bir mektup yazdım.

Bu mektubu kilisede tabutunun başında okudum.

"Zor bir hayatın sonuna gelip aramızdan ayrıldığın bugün, sana çok güzel geçirdiğimiz eski anneler günlerinde yaptığım gibi son bir kez hoş sözler söylemek istiyorum.

Bizimle, ailenle gurur duyduğunu biliyorum; bugün ise çocukların ve torunların, senin gibi bir anneleri ve büyükanneleri olduğu için çok gurur duyduklarını herkesin duyabileceği kadar yüksek bir sesle söylüyorlar.

Son çıkan kitaplar, gösterime yeni girmiş filmler üzerine seninle konuşmak o kadar zevkliydi ki... Zihnin ve ufkun o kadar genişti ki artık bir parçası olmadığın çağımızı anlamakta hiç zorlanmadın, damarların yaşlansa da fikirlerin hiç yaşlanmadı.

Senin sayende belki bizlerin de birer aptal olarak ölmeyeceğini ümit ediyorum."

Roland Barthes annesinin ölümünden sonra, 10 Mayıs 1978 tarihinde şöyle yazmıştı: "Anneciğimin ölümüyle içine düştüğüm yalnızlık, onun hiç katkısı olmadığı alanlarda, çalışma alanlarımda tek başıma bırakıyor beni. Bu alanlarla ilgili saldırıları (yaralayıcı sözleri), kendimi eskiye göre daha yalnız, daha terk edilmiş olarak çok kötü biçimde hissetmeden okuyamıyorum [...]

Her yolculukta, onu her düşündüğümde, sonuçta şunu haykırıyorum: Geri dönmek istiyorum! (geri dönmek istiyorum!) – onun beni beklemek için orada olmadığını bildiğim halde"*

Annem öldü, ben kaybolmuş bir çocuğum, mağazanın kasa bölümüne beni almak için artık kimse gelmeyecek.

Terk edilmiş her çocuk mahvolacaktır.

* Bkz. *Yas Günlüğü*, çev. M. Rifat-S. Rifat, YKY, 2. Baskı, 2016, s. 132-175.

Bana şöyle dedi: Geriye doğru saymaya başlayacağız, sen en son sahneye gireceksin. Pislik dedi bana ve sonra soyunma odasından çıktı.

Aynanın önünde yalnız kaldım, saymaya başladılar, kendimi hiç bu kadar yalnız hissetmemiştim.

Uçağın açık kapısının önünde dikilmiş yere bakarken sayıları dinleyip sıfır denmesini bekleyen paraşütçü gibi...

Neden bu teklifi kabul edip buraya geldim? Böyle bir gösteriye çıkmaya hiç ihtiyacım yoktu ki... Her yıl bir kitap yazıyordum ve yazdığım kitaplar da hep iyi satıyordu. Bir anlığına buradan kaçıp kurtulmayı düşündüm.

Sıfır dendiğinde kendimi karanlığa attım. El yordamıyla perdeleri zar zor aralamayı başardım ve kendimi birden kör edici bir ışığın altında buldum, dünyaya gözlerini açınca ağlamaya başlayan, yeni doğmuş bir bebek gibi...

Neyse ki ben ağlamadan durabildim, sahnenin ortasında, onların önünde yapayalnızdım.

Yaklaşık yüz kişi vardı salonda, projektörlerden dolayı ben onları göremiyordum, ama onlar beni çok iyi görüyordu.

*One man show** tarzı oyunlarda başa gelebilecek en kötü şey *one man* olmaktır, başkalarının karşısında, herkesin karşısında yalnız olmak en kötüsüdür, taraflar arasında eşitlik yoktur.

"Terk Edilmiş Her Çocuk Mahvolacaktır" başlıklı gösterimle bir saat boyunca onların ilgisini çekmek, onları şaşırtıp güldürmek zorundaydım.

Yaptığım hataları anlatarak onları güldürmeyi başardım, özellikle de onlara hepsinin çevreye zarar vermeden toprakta çözünebilen varlıklar olduğunu söylediğimde...

---

* *One man show* (İng.): Tek kişilik gösteri. (ç. n.)

Gösterim bir daha oynanmamak üzere sona erdi. Bir kez daha sahnelenmeyecek. Beni telefonla arayacaklarına söz verip bir kez bile telefonumu çaldırmayanlara şimdi ben de aynısını yapıyorum. Ben de onlara kendimi unutturacağım.

Kapının anahtar deliğinden içeri baktım.

Bir adamın sırtını gördüm. Masasının başına oturmuş.

Benim boyumda, saçları benimkiler gibi beyaz, biraz kambur duruyor. O adam benim.

Boş kâğıdın ortasına büyük harflerle kocaman "SON" yazdım, çünkü artık sona geldik.

Tek yalnız ben değilim, bu cümleyi ilk kez yazan da ben değilim, Stéphanie Janicot[1] bunu benden önce yazdı.

Yalnızlık sanatçılar için her zaman esin kaynağı olmuştur.

Aklıma Jean-François Laguionie'nin *Louise en hiver* [Kış Mevsiminde Louise] adlı animasyon filmi geliyor.

Louise şehre giden son treni kaçırır ve sahil kasabasının ıssız istasyonunda tek başına kalır. Yalnızlığıyla ve etrafını saran martılarla uzun mücadelesi başlar.

Güzel, etkileyici bir film, rüzgâr estiğinde uçuşmaya başlayan soluk renkler kadar narin bir film.

Louise sahilde yürürken benim kitabımın kapağındaki o iriyarı yaşlı adamla* karşılaşabilir. Léon Spilliaert'ın bir tablosundan fırlamış gibi duran o yaşlı adam da tıpkı Louise gibi deniz kıyısında yalnız dolaşıyor.

Belki de ufukta güzel bir aşk hikâyesi belirir.

Chaval'in karikatürlerini düşünüyorum, yalnız kahramanı canlanıyor gözümde: ağırbaşlı ve kel.

Caspard David Friedrich'in "Deniz Kenarında Keşiş" adlı tablosunu düşünüyorum.

Turner'ın "Fırtınadan Sonraki Gün Ağarması" adlı suluboya tablosu geliyor aklıma. Zincirinden boşanmış dalgaların dövdüğü

---

1 *Tu n'es pas seule à être seule*, Albin Michel, 2005.

* Kitabın Fransızca baskısının kapağında yer alan yer alan çizim. (ç. n.)

bomboş sahilde küçücük bir köpek ağzını açmış, ölüme meydan okurcasına uluyor.

Edward Hopper'ın tabloları da canlanıyor gözümün önünde.

Yalnızlık bir eğilimdir ve çok ağırdır.

Ben hafif bir kitap yazmaya çalıştım.

Viyolonselden daha fazla akordeonun sesinin duyulmasına özen gösterdim, hüzün çok fazla hissedilir olduğunda ise hemen bir iki şaklabanlık yapıp birkaç kahkaha atılsın diye çabaladım.

Yalnızlığın yol açtığı dram: Beş ölü.

Karşı evde oturan yaşlı adam komşularını öldürdüğünü itiraf etti: Bir kez daha panjurlarını kapatıp evlerinden gitmelerine katlanamayacakmış artık.

Kendimden bıktım, kendimi korkutmak için hikâyeler uyduruyorum, başıma gelebilecek en kötü şeyleri düşünüyorum, sürekli kâbus görüyorum.

Hayattan da ölümden korktuğum kadar korkuyorum. Hangisini seçmeliyim?

Unutmak için içiyorum, hayat suyu* içiyorum, öteki dünyanın suyunu içmekten korkarak.

Usulca ayrılmak isterim bu dünyadan, gürültü yapmamak için yalınayak gecenin karanlığına karışarak.

Arkamdan kısacık bir cümlenin söylenmesi hoş olur. *Noiraude'un babası bizi terk etti... Üretken ve matrak yazar aramızdan ayrıldı...*

Şimdi ölebilirim, artık buna hakkım var, özgürüm, hiç pişmanlık duymadan ölebilirim.

Ölümümün en çok acı vereceği kişi bu dünyayı benden önce terk etti.

İkimize ait evler içinde üçüncüsü olan Père-Lachaise'deki evimizde bir demet çiçekle süslenmiş çok güzel bir odayı benim için çoktan hazırlamıştır.

---

* L'eau de vie: Meyveli şeffaf renkte bir brendi türü, sözlük anlamı "hayat suyu"dur. (ç. n.)

Dün Jacquemart-André Müzesi'nde Claire beni daha önce adını hiç duymadığım bir ressamla tanıştırdı: Vilhelm Hammershøi.

Tablolarında ev içi yaşamı, sessizliği ve yalnızlığı resmetmiş.

Karısı ve tek modeli olan İda'yı herkes görmüştür, ama kimse tanımaz; çünkü tablolarda İda hep gölgede durur, boş odalarda onun hep sırtını görürüz, yüzünü hiç görmeyiz.

Sırtı bize dönük kadının yer aldığı tablonun önünde durduk, Claire bana uzun uzun bu ressamı anlattı.

Hammershøi'yi sessiz bir karısı olduğu için kıskandım.

Bir süre sonra Claire acelesi varmış gibi davranmaya başladı, sonra da müzeden çıkmak istediğini söyledi, bunu duymak beni mutlu etti, onu sevinerek uğurladım, çünkü bu sessiz kadının önünde tek başıma kalmayı istiyordum.

Gün biterken bekçi yanıma gelip müzenin birazdan kapanacağını söyledi.

Üzgün bir halde dışarı çıktım, o salonda kapalı kalmayı tercih ederdim.

Bunun nedenini bekçiye söylemeye cesaret edemedim, söylesem deli olduğumu düşünürdü.

Tablodaki sırtı dönük kadının birden bana doğru dönmesini bekliyor, yüzünü görmeyi istiyordum.

Adının "Bilili" olduğunu söyleyen uzun beyaz saçlı, yaşlı bir adam kaybolmuş olup annesini aramaktadır.

İlgililerin danışmaya başvurması rica olunur.

Lütfen dikkat, indirim nedeniyle mağazadaki her şey satılıktır...

YAPI KREDİ YAYINLARI / YENİLERDEN SEÇMELER

Ayla Algan
Yaratıcı Oyuncu Yaratıcı İnsan

Lea Ypi
Özgür: Her Şey Parçalanırken Büyümek

Akira Mizubayashi
Bin Yılın Aşkı

Hazırlayan: Haluk Kardaş, Emine Gürsoy Naskali, Oğuz Selim Başar
İki Dem Bir Demokrat - Eski Dışişleri Bakanı Hayrettin Erkmen'in Anıları

Barry Hines
Kerkenez

Bülent Eczacıbaşı
A Rip In The Sea - New Responsibilities For Business

Hazırlayan: Felix Pirson, Andreas Scholl
Pergamon - Anadolu'da Hellenistik Bir Başkent

Gülten Dayıoğlu
Yüzler ve Sözler

Hazırlayan: Banu İşlet, Binnur Mörel Büyükertan, Eser Demirkan
Cumhuriyet'in İlk Yılı (29 Ekim 1923 - 29 Ekim 1924)

Özdemir Asaf
Ben Pırıl Pırıl Bir Gemiydim Eskiden - Özdemir Asaf 100 Yaşında

Emrah Öztürk
Evine Dönemeyen Adam

Sine Ergün
Burası Tekin Değil
Bazen Hayat

Halit Ziya Uşaklıgil
Sanata Dair - 1
Sanata Dair - 2

François Noudelmann
Bambaşka Bir Sartre

Tolga Aydoğan
Orhan Veli'nin Ankara'daki İzleri

Metin Eloğlu
Odun - Horozdan Korkan Oğlan
Düdüklü Tencere

Ali Özuyar
Sessiz Dönem Türk Sinema Tarihi - 2 (1923-1931)

Gökhan Yılmaz
Boşlukdikeni

Ali Alkan İnal
Şimdi Sadece Ona Bir Ad Koymam Gerek

Ian Collins
John Craxton - Hayatın Lütufları

Jean Bottéro
Dünyanın En Eski Mutfağı

Jean-Pierre Siméon
Şiire Kısa Övgü

Hüseyin Ferhad
Türkçenin Sol Anahtarı

Ece Ayhan
Devlet ve Tabiat - Ya da Orta İkiden Ayrılan Çocuklar İçin Şiirler 50 Yaşında

Enis Akın
İşte Geldik - Toplu Şiirler (1988-2019)

Publius Ovidius Naso
Aşklar I-III

YAPI KREDİ YAYINLARI / YENİLERDEN SEÇMELER

Oliver Sacks
Her Şey Yerli Yerinde - İlk Aşklar ve Son Öyküler

Hazırlayan: M. Bilgi Saydam
Oidipus - Psikomitoloji: Psikanalitik ve Klinik Yorumlar

Memduh Şevket Esendal
Otlakçı
Mendil Altında
Ayaşlı ile Kiracıları
Vassaf Bey
Miras
Seni Kahve Paklar - Seçme Öyküler
Taş Havan
Kısmet Kuşu

Füruzan
Akim Sevgilim

Ömür İklim Demir
Mutedil Dalgalı

Elif Erdoğan
Dokuzdan Küpe Çiçeği

Demir Özlü
Dalgalar
Amerika 1954

Behçet Necatigil
Şiirinizin Tadına Geç Vardım – Edebiyat ve Sanat Dünyasından Necatigil'e Mektuplar

Nezihe Meriç
Oradan da Geçti Kara Leylekler
Biz Hiç Değişmedik Gönül – Gönül Hürkuş Şarman'a Mektuplar 1953-1991

Jean Bertrand Pontalis
Bir Adam Yok Oluyor
Pencereler

Jean-Louis Fournier
Bekleyecek Vaktim Kalmadı Artık

Michael Greenberg
Geri Dön Günışığım

Orhan Pamuk
Veba Geceleri

Faruk Duman
Seslerde Başka Sesler
Nar Kitabı
Av Dönüşleri
Kargasabunu
Sencer ile Yusufçuk
Keder Atlısı

Cevat Çapan
O Geniş Boşlukta
Bir Başka Coğrafyadan

Tuncer Erdem
Ben, Bozkır Yeli
Kötü Tabiat, İyi Doğa

Filiz Özdem
Bütün Ateşler Söndüğünde

Prof. Dr. Jeroen Poblome, Judith Desmyttere, Bahattin Öztuncay, Jan Baetens
Kaplumbağa Geldi Bir Gün Tek Başına

Diane Cook
Yeni Yaban

John Williams
Yok Geceden Başkası
Kasap Geçidi

Hulki Aktunç
Sen Buranın Kışındasın - Günlükler (1964-1967)
İskandil - Günlükler (1968-1969)
Ten ve Gölge

Haldun Taner
Tek İnsanın Değeri

Lâle Müldür
Nova Roma'da Gece Güneşi

Özden Toker - Mehmet Ö. Alkan
Cumhuriyet'le Özdeş Bir Yaşam: Özden Toker – İsmet İnönü'nün Kızı Anlatıyor

Hazırlayan: Asuman Susam, Duygu Kankaytsın
İncelikler Tarihi - Gülten Akın Şiiri

Paul Valéry
Sabit Fikir

Selçuk Demirel
Birdenbire İstanbul
Ağaçname - Sen Ne Güzel Bir Ağaçsın!

André Gide
Günlük (1887-1925) 1. Cilt

Derya Bengi – Erdir Zat
100. Yılında Cumhuriyet'in Popüler Kültür Haritası – 1 (1923 – 1950) / "Her Savaştan Bir Yara"
100. Yılında Cumhuriyet'in Popüler Kültür Haritası – 2 (1950 – 1980) / "Belki Duyulur Sesim"
100. Yılında Cumhuriyet'in Popüler Kültür Haritası – 3 (1980 – 2023) / "Yollar Bize Memleket"

Kerem Eksen
Ölümden Uzak Bir Yer
Uyku Krallığı

Alberto Manguel
Hayali Yerlerden Yemek Tarifleri

Ethan L. Menchinger
İlk Modern Osmanlı - Ahmed Vâsıf'ın Fikri Gelişimi

Hazırlayan: Ayşe N. Sümer
Semahat Arsel - Kuşaktan Kuşağa

Cesare Pavese
Yalnız Kadınlar Arasında
Ay ve Şenlik Ateşleri

Hazırlayan: Rahim Tarım
Mehmet Rauf'un Anıları

Dag Solstad
On Birinci Roman, On Sekizinci Kitap
17. Roman

Margit Schreiner
İnsan Dengesi
Sevmek Dedikleri
Ev, Kadınlar, Seks.

Antonino Ferro
Afacan Bir Psikanalistin Düşünceleri

Sula Bozis
İstanbullu Rumlar

Makbule Aras Eyvazi
Başa Dönemeyiz

Fahri Güllüoğlu
Laytmotif

Doğan Yarıcı
Miyop

Cem Gürdeniz
Kültürü ve Görgüsüyle Denizcilik

Şiir Erkök Yılmaz
Uyuyamamak
Dört Oyun - Bir Darbe Masalı, Antika Bir Oyun, Komşuculuk, Hayat Öpücüğü

Isaac Bashevis Singer
Son İblis - Toplu Öyküler 1
Bir Dans, Bir Sıçrayış - Toplu Öyküler 2
Ay ve Delilik - Toplu Öyküler 3

YAPI KREDİ YAYINLARI / YENİLERDEN SEÇMELER

Daniel M. Davis
Tedavi Harikaları - Bağışıklık Sistemi ve Yeni Sağlık Bilimi

Nursel Duruel
Geyikler, Annem ve Almanya 40 Yaşında

Burak Aziz Sürük, Cengiz Çakıt
Telezzüz
Telezzüz - Savour the Flavour - Inspirational Delicacies from Turkish Cuisine

Javier Marías
Kurt Mıntıkası
Vahşiler ve Duygusallar

Claudio Magris
Enstantaneler
Krems'te Bükülü Zaman
Bir Başka Deniz

Franz Kafka
Milena'ya Mektuplar
Kayıp [Amerika]

Hazırlayan: Şeyda Postacı
Psikanaliz Defterleri 8 - Çocuk ve Ergen Çalışmaları / Utanç ve Suçluluk

Hazırlayan: Alper Şahin
Psikanaliz Defterleri 9 - Çocuk ve Ergen Çalışmaları / Çocuk, Ergen ve Bedeni

Hazırlayan: Sezai Halifeoğlu
Psikanaliz Defterleri 10 - Çocuk ve Ergen Çalışmaları / Kardeşler ve Arkadaşlar

Anne Glenconner
Nedime - Tacın Gölgesindeki Olağanüstü Hayatım

Süreyya Ağaoğlu
Bir Ömür Böyle Geçti – Sessiz Gemiyi Beklerken

Süreyya Berfe
Yavaş Yavaş Bilemiyorum

Orhan Duru
Düşümde ve Dışımda
Kazı
Yeni ve Sert Öyküler

Bige Örer, Ahu Antmen, İz Öztat, Fatih Özgüven, Paolo Colombo, Seza Paker
Füsun Onur: Evvel Zaman İçinde

Cem Behar
Kadîm ile Cedîd Arasında - III. Selim Döneminde Bir Mevlevi Şeyhi: Abdulbâki Nâsır Dede'nin Musıki Yazmaları

Mehmet Can Doğan
Şiirin Retoriği
Ben Size Çok Geldim

Mehmet Can Şaşmaz
Korkma, Güzel Rüyalar da Var

Mehmet Erte
Sahipsiz Yüzler

Vénus Khoury-Ghata
Marina Tsvetayeva ya da Alabuga'da Ölmek
Mandelştam'ın Son Günleri

Peter Ackroyd
Bay Cadmus

Bram Stoker
Dracula

Edip Cansever
Tragedyalar

YAPI KREDİ YAYINLARI / YENİLERDEN SEÇMELER

YAPI KREDİ YAYINLARI / YENİLERDEN SEÇMELER